ハヤカワ文庫 SF
〈SF2357〉

宇宙英雄ローダン・シリーズ〈659〉

ドリフェルへの密航者

エルンスト・ヴルチェク＆クルト・マール
シドラ房子訳

早川書房
8769

PERRY RHODAN

DIE ORPHISCHEN LABYRINTHE

DORIFER

by

Ernst Vlcek

Kurt Mahr

Translated by

Fusako Sidler

First published 2022 in Japan by

HAYAKAWA PUBLISHING, INC.

This book is published in Japan by

arrangement with

PABEL-MOEWIG VERLAG KG

through JAPAN UNI AGENCY, INC., TOKYO.

目次

ドリフェルへの密航者

オルフェウスの迷宮

エルンスト・ヴルチェク

登場人物

ペリー・ローダン……………………ネットウォーカー。もと深淵の騎士
ロワ・ダントン………………………ローダンの息子
ロナルド・テケナー（ロン）……あばたの男
アラスカ・シェーデレーア………ネットウォーカー
ヴェト・レブリアン………………ムリロン人。デソト
スリマヴォ（スリ）………………レブリアンの妻。ヴィシュナのもと具象
ライニシュ……………………………侏儒のガヴロン人。ハトゥアタノのリーダー
ジョン・ヴァル・ウグラド（ジョニー）………プテルス
アッカル………………………………ボセム

1

「〝パーミット〟保持者ライニシュ、およびその忠臣三名、シジョル・カラエス、アグルエル・エジスキー、シェーディ」と、式典マスターが告知した。

大ホール入場の合図だ。ライニシュが真っ先に進みはじめた。法典分子の影響下にあることは、立ち居ふるまいから察せられる。見たところ金属手袋に似たパーミットを左手にはめ、こぶしを握って高くかかげる。侏儒《しゅじゅ》のガヴロン人は、からだこそちいさいが、堂々たる風采だ。

出自不明のヒューマノイド種族であるシジョルとアグルエル、そしてアラスカ・シェーデレーアがあとにつづく。

かれらの頭上にマルチプシ・パックが浮遊している。プラスティックとメタルからなる不定形の塊りで、かれらのあらゆる動きになめらかに順応しながら、同行する醜いロボットさながらに通廊から大ホールへとぴったりついてくる。しかも、かれらはまったく装備を持たない。

マルチプシ・パックを入手するようすすめたのはライニシュだ。かれの主張によると、オルフェウス迷宮における異質な超現実の条件において、はじめて真の発達をとげる魔法のポケットだという。

ライニシュと同行者たちは、大ホールに入場した最初のグループのひとつだった。名誉ギャラリーの向かい側にあるライトアップされたステージには、最初はカリュドンの狩人が十名ほどしかいない。ギャラリーはエスタルトゥ諸種族の代表者たちの一部で、たった三百名ほどだ。永遠の戦士ヤルンもふくまれる。ヤルンが身につけた装備を見て、アラスカはキノコを思いだした。

変装した永遠の戦士の横に立つのは、ルランゴ・モジャの責任者でアルロファー人のサンパム。式典マスターの役割を受け継いだかれは、多彩色の式典服を着用し、ライニシュの狩人グループをもう一度点呼する。ライニシュは、パーミットをつけたこぶしを名誉ギャラリーのほうに向けて敬礼してから、ステージにあがった。シジョルとアグルエルがまったく同じ行動をとる。アラスカだけは、名誉示威のふるまいをまねる気になれない。武装した戦士に向かって軽く頭をさげてから、三名のあとにつづいた。

大聖堂を模した大ホール内には、数百台のカメラレンズがぶーんと音をたてて浮遊している。内部の出来ごとを細大漏らさずキャッチして、外にいる野次馬に見せるためだ。

時間区分エレニシュのはじまりとともに、カリュドンの狩人たちが入場してくる。誓約式につづいて、選ばれし七十七名が惑星ヤグザンのオルフェウス迷宮へと出立《しゅったつ》するのをじかに見るために、ルランゴ・モジャにいる全員が立ちあがった。世紀最大のイベントは、こうして最高潮に向かう。

ルランゴ・モジャにおける多様な催しは、カリュドンの狩りがはじまってからもつづく。五万名の訪問者の多くは、狩人たちがプシオン迷宮からもどってくるまでここで待つのだろう。

成功した英雄を祝いたい者たちもいるが、大部分はルランゴ・モジャのセンセーション見たさからここにのこる。というのも、毎回十五パーセントの者は狩りに失敗するという統計報告があるからだ。そのため、狩りに成功するのはだれか、二度と帰らないのはだれか、といった賭けが、早くもおこなわれていた。

自分の名前が賭けのリストにないので、アラスカはほっとした。ライニシュの名はリストの最上部に位置する。カリュドンの狩りに十二回参加し、獲物を七十六回しとめた経験を持つかれは、狩人のセレブなのだ。パーミット保持者は、ライニシュのほかには三名しかいない。たったいま名前を呼ばれたエルファード人のほか、ソム人とプテルス一名ずつだ。

「戦士アヤンネーの処刑人、パーラガンド」サンパムが告げると、ハリネズミ装甲につつまれたそのエルファード人があらわれた。パーミットをはめた左肢は、球状の構造物を形成している。そのほかに迷宮用装備を身につけているかどうかは、見てもわからない。ヤルンのほうを向き、増幅された声で敬意表明をおこなう。

「わたしはあらゆる永遠の戦士のしもべです。エスタルトゥにとって、かれらこそが全能の化身なので」

「ごますりのパーラガンドめ」ライニシュは、エルファード人の不定形な姿をさしながら、嫌悪をかくしもせず軽蔑的につぶやく。「おべっか使いだ。いつも外骨格をつけて、真の姿を見せる勇気がないようでは、なにもわからんではないか？　パーラガンドが興奮剤の影響下にあるのに気づいたか？」

「きみは吸入しなかったのか？」アラスカが小声で訊きかえす。

「少量だ」ライニシュは応じ、ふくみ笑いした。

そのとき、無数のカメラレンズが向けられたので、かれは口を閉じた。高感度センサーが小声の会話をキャッチし、いまやプライヴェートな会話を視聴者にとどけようというのだろう。しかし、狩人たちから冷ややかな沈黙のほかにはなにも得られないので、カメラはじきにはなれていった。

ふたたびふたりだけになると、ライニシュはアラスカにささやき声で、

「だれもが独自のやり方で狩りの準備をする。法典に忠実なわたしも、衝動的なきみもだ」

アラスカは無言で口を結ぶ。ライニシュのコメントから、準備のあいだも観察されていたことがわかったから。

狩人たちは、迷宮に送りこまれる前の三つの時間区分のあいだに特別な優待を受けられる。ドゥムバ、オウルト、モロまで達する休憩時間をそれぞれ自由にすごしていいというもので、大部分の狩人は戦闘力をいま一度チェックしたり、おのれの戦略をシミュレーションでテストしたり、ダシド室で法典分子により自己強化したりしてすごす。だが、アラスカは用意されたコンパニオンのひとりとすごしたのだ。

＊

その女はムリロン人だった。アラスカは彼女をキトマと呼ぶことにした。ハリネズミのようにスタイリングしたひろがりのある黒髪、フリンジつきコンビネーションというでたちだ。身長二メートルと、アラスカとほぼ同じだが、スパイクヘアといかつい肩のせいで、もっと背が高く頑丈な印象をあたえる。手は細く華奢《きゃしゃ》で、パールに似た長い爪を持っていた。

アラスカを見たとき、黒い瞳孔《どうこう》を持つ黄色の目に驚きがあらわれたが、なにをしたらいいかと、無関心な口調でたずねた。

「きみとただ話がしたい」アラスカがいうと、相手はさらに驚いたばかりか、ひどく困惑したようすを見せた。「きみ自身について、話してほしい」アラスカがもとめる。

「わたし、狩人のお世話をするの、はじめてなんです」女は打ち明け、ほんのすこしためらってから、「それにあなたは、カリュドンの狩りに参加するはじめての同胞だわ」

「わたしはムリロン人ではない、キトマ」

「なぜそう呼ぶんです？　その名前、あなたにとって特別な意味があるとでも？」

「独特な響きがある……キトマ。歌を歌ってもらえるか？」

「お望みなら……」

ムリロン人は、エスタルトゥ諸種族のなかではめずらしく音楽の才がある。もちろんオファラーがいるが、かれらはむしろ例外的な現象で、その才能のおかげでシオム・ソム銀河をこえて高い名声を博している。オファルの合唱団の歌は、特別な訓練を通して本質的ともいえる力を獲得した、特殊パラプシ能力の表現といえる。それに対してムリロン人のは哀愁や愛、まれに生命欲を表現する単純な歌だ。かれらには戦闘の歌もあり、自由をもとめる不屈の精神や生きることへの意志をあらわす。

だが、キトマの歌は哀愁が漂っていた。満たされない憧憬《しょうけい》、幸運と満足をもとめる終わりのない探求、おのれの心と向き合うときの孤独といった内容だろうか。歌い終わると、キトマは快活なようすになったが、アラスカはすっかり内省ムードで、はるかかなたに思いをはせていた。ムリロン語で歌われたので歌詞はまったく理解できなかったが、一種独特な連想的イメージが次々とあらわれた……オルフェウス迷宮のイメージが。それはべつの存在平面にあり、そのなかを白いロングドレスに身をつつんだ痩せぎすの少女が歩いていく……キトマだ。

「エスタルトゥ諸種族が歌を持たないのはなぜだ、キトマ？」アラスカはささやく。

「鳥型種族のソム人ですら歌わないのはなぜだろう？」

「ソム人にまだ飛ぶ能力があったころは、かれらの惑星の上空は歌声で満ちていたはずだわ」キトマが応じる。

「では、ムリロン人と同じ起源を持つといわれるガヴロン人種族が歌わないのはなぜだ？」

「戦士法典のせいで硬化したから。恒久的葛藤はほんとうに深刻な問題で、歌うどころではなくなってしまうの」

まもなくエレニシュの時間になる。アラスカは誓約式の準備をしなければならない。

「きみについて、まだなにも聞いていない、キトマ」アラスカは別れぎわにいった。

「きみのほんとうの名前も」

「もしよければ、狩りからもどれたら話すわ。わたしの名は……」

女ムリロン人の名前はなんだったか？　アラスカはどうしても思いだせない。カリュドンの狩人が大ホールに入場するさいに起こるやかましい金属音のせいで、心を集中させることができないのだ。

それから、またしても疑問に思う。ファンファーレの響きで狩人たちの入場を告知しないのはなぜか？　かれらの行進にふさわしい音楽を添えないのはなぜか？　鐘に似た奇妙な楽器をたたいて健全な聴覚を持つ者すべての神経を逆なでするのは、だれなのか？　聴覚障害者か？　まさか、現実に対する知覚を持たないナック種族の門マスター、アルドルインか？

うるさい背景音に気を乱される者は、どうやらアラスカのほかにはいないらしい。ライニシュがなにやらシジョル・カラエスにささやきかけ、相手は表情を変えずにうなずいた。

そのときだ。特権階級のムリロン人で〝イジャルコルによって高位に昇格したヴェト・レブリアン〟と、同じく〝ムリロン人の忠臣スリスフィンクス〟の名が、式典マスターによって呼びあげられた。よりによってこの瞬間に呼ばれたのは偶然なのか？

ヴェトとスリマヴォが大ホールに足を踏み入れた。ヴェトは革に似た生地の着古した衣服と目だたない背嚢《はいのう》を身につけている。頭ひとつぶん背が低いスリマヴォは、ヴェトとならぶと繊細な印象がある。彼女は大きすぎる戦闘用ヘルメットを右腕にかかえ、ケース十二個のついた幅広の胴ベルトを着用している。

二名の登場は、ライニシュとシジョルのひそひそ話と関係があるのだろうか？

ヴェトは戦士ヤルンに挨拶し、スリは無言でヘルメットを名誉ギャラリーにかかげてから狩人用ステージにあがった。無数のカメラレンズがあとを追う。

アラスカは、前日のアルダートのあいだに、二名ともう一度連絡をとった。かれらは偶然のようにシミュレーター三つに同時に向かい、同じ時間にスイッチを入れたのだった。

シミュレーターは、オルフェウス迷宮における超現実の忠実な映像をほんとうに提供するわけではない。オルフェウス迷宮に行くチャンスのない者たちが、単純な戦闘シミュレーションによってささやかなスリルを味わえるシンプルなゲーム機のようなもの。だが、ヴェト、スリ、アラスカにとって、このゲームはたがいに接触するチャンスだった。シントロニクスがつくる錯覚のなかでいっしょに戦うように見せながら、実際にはシンボル化した暗号で情報を交換するのだ。

「われわれのイシャラをたがいに調整する必要がある」ヴェトがシンボルからなる複雑な攻撃波を使ってアラスカに伝えてきた。

アラスカはシンボルで防御壁を構築した。これを平常文にすると、こうなる。

「なんのために？　インパルス発信機イシャラは、狩人と狩りの獲物を区別するためのものだろう」

「わたしたち、個人の認識マークがいるのよ」スリがアラスカの防御を突破しながら伝えてきた。ヴェトは追撃と同時に、暗号化されたテキストを作成する。

「ゲーム機のシントロニクスを通してイシャラに一連のインパルスを追加することが可能だ。それによって、迷宮内でたがいを認識できる」

「そのために、なにをすればいい？」

「わたしが手配する」ヴェトが合図で伝える。

シミュレーターを作動させるためには、アラスカもほかの人々と同様にイシャラを所定のへこみに入れなければならなかった。イシャラはまだそこにあるはず。

「気をつけろ！」ヴェトが注意をうながす。「われわれのイシャラを、いまあらたなプシ・プリントでコード化する」

シントロニクスがシミュレーションのはげしい爆発を起こした。すべてのゲームレベルが消滅し、三名にとってこのラウンドは終わった。

スリ、ヴェト、アラスカはそれぞれの道を進んでいく。

ライニシュは、誓約式の直前に忠臣三名を呼びよせ、かれらのイシャラを没収した。シジョル・カラエスとアグルエル・エジスキーは抗議したが、侏儒のガヴロン人になだめられた。

「きみたちのインパルス発信機は、わたしがもう一度コード化しよう。迷宮内でたがいを認識できるように」そういいながら、イシャラをひとつ、またひとつとパーミットの隙間に入れては、持ち主に返した。アラスカが考えこむのを見て、「狩りの同一グループ内では一般的なやり方だ」と、説明した。

「なるほど」アラスカが応じる。ほんとうの懸念を口にするわけにはいかない。心の内では、ヴェトやスリと調整したべつのコードは消えてしまったのだろうか、と、考えていた。

ヴェト・レブリアンとかれの忠臣であるスリスフィンクスはステージにならんで立ち、スリは戦闘用ヘルメットを頭にのせた。

カリュドンの狩人の入場はつづく。英雄が大ホールにあらわれるたびに、不調和な鐘の音が鳴りひびく。

終わり近くになって、プテルスのジョン・ヴァル・ウグラドがホールに入ってきた。アラスカはウグラドの友情を獲得し、最後の瞬間にイシャラをたがいに調整することができた。

ウグラドは本人とわからないほど変装している。身長より高い卵形の甲冑《かっちゅう》には、これでもかというほど装飾がほどこされている。開いているのは上部だけなので、トカゲ頭以外は見えない。この醜怪な構造物を、ウグラドは〝柔軟インパルス・プシ感覚戦闘スキン〟と呼び、オルフェウス迷宮の見取図も内部に統合されている、とアラスカに断言していた。

ウグラドにつづいて四名が入場すると、狩人全七十七名がステージにそろった。

これより永遠の戦士ヤルンがカリュドンの狩人の誓約式をとりおこなう、と、サンパムが告知した。

ライニシュはおさえた声で軽く笑った。アラスカが問いかけのまなざしを向ける。侏儒のガヴロン人は小声でささやいてきた。

「ヤルンとは、笑わせてくれる……戦士用装備はからっぽのくせに！」

アラスカが見やると、キノコ形の装備が移動してそうそうたる名誉ギャラリーのなかから出て、ステージの前で二十メートルの高さに浮かんだ状態でとまった。

ライトが消え、カメラの画面もオフになり、やがて大ホールは暗闇につつまれた。戦士の持つ武具だけがグリーンの燐光《りんこう》をはなっている。

「エスタルトゥ帝国の偉大な英雄たちの競合のなかから、カリュドンの狩りへの資格を勝ちとった勇敢な狩人よ、きみたちのすばらしい業績をたたえよう」低く力強い声が響きわたる。

低声のスピーチがつづく。エスタルトゥの奇蹟が生じたことを説明してから、オルフェウス迷宮へと話は移行した。そうするうちに、戦士の武具の前に光源ができて、しだいに明るさを増しながらひろがっていく。ちいさなヒューマノイドの姿が形成されて徐々に拡大し、アラスカに向かってくる。やがて、巨大な姿となってかれの前に立ちはだかった。

まちがいなくホログラム映像だ。アラスカをはじめとするヒューマノイドのところだけにあらわれたことも、疑いを入れない。永遠の戦士は通常、相手と同じ姿としてあらわれるから。

しかし、この映像が持つのは人間の特徴だけではなかった。ガヴロン人特有の眉の部分の隆起、シジョル・カラエスやアグルエル・エジスキーのやや大きすぎる頭、ムリロン人のいっぷう変わったヘアスタイルと尖った顎もそなわっている。

永遠の戦士の映像がオルフェウス迷宮について語る内容は、アラスカにとって新しいものではない。ルランゴ・モジャですでに耳にした、低俗化されたでっちあげの歴史だ。

「ガヴロイドとヒューマノイドをいっしょくたにするとは、ヤルンも手を抜いたものだな」アラスカはライニシュにささやく。

「ヤルンではないといったではないか」ライニシュが小声でいった。

「永遠の戦士でないのなら、だれがこの装備のなかに?」アラスカがたずねる。

「そんなことはどうでもいい」侏儒のガヴロン人が応じる。「いずれにせよ、ヤルンはいま、シオム・ソムに向かっている。イジャルコルをはじめとする永遠の戦士たちの会

ながら。

「では、会合の理由は？」アラスカが訊く。興味があることを見せないように気をつけ合のために」

「きみには関係あるまい」

ホログラム映像の大仰《おおぎょう》なスピーチは終わりに近づいた。

「……これからべつの世界におりていき、残虐な獣を追うことになるが、わが名においてて行動することをけっして忘れてはいけない。エスタルトゥの名誉にかけて。われらが超越知性体のあらゆる栄光のために」

カリュドンの狩人たちが復唱する。

「永遠の戦士ヤルンの名にかけて。エスタルトゥの名誉にかけて。われらが超越知性体のあらゆる栄光のために」

アラスカはどうしても唱和する気になれず、唇を動かしすらしない。ほかの者たちがヤルンとエスタルトゥを讃美しているあいだ、かれの頭にあったのはべつのことだった。エスタルトゥはもうここにはいない……ロワ・ダントンとロナルド・テケナーを救出するために。ネットウォーカーの名において！

儀式は終わった。真剣勝負はこれからだ。

狩人たちのあいだでなにかが動いた。アラスカがそちらを見ると、スリマヴォだ。へルメットをつけた頭をまわし、黒光りするヴァイザーをこちらに向けてきた。

かれはわけ知り顔でにっこりする。スリマヴォはおそらくエンパシー能力を使って、こちらの感情を察知したのだろう。

〈ロワとロンのために！〉思考のなかでくりかえすと、スリはうなずいた。

ホログラム映像は消え、大ホール内の照明が点灯する。

第一の迷宮門に移動せよとうながされると、数列にならぶカリュドンの狩人七十七名は動きはじめた。

＊

極限惑星ヤグザンにあるオルフェウス迷宮に到達するには、ルランゴ・モジャ、ルランゴ・ビリ、ルランゴ・タトゥの三つの門を通過しなければならない。この三つは転送機として機能すると同時に、段階的な変異をおこない、超現実へ適応できるようはからうのだ。

アラスカは一度、そのようなプロセスを見たことがある。追放者百名が狩りの獲物として迷宮に送られたとき、出自不明のヒューマノイド二名とともに立ち会えるよう、ライニシュがはからったからだ。

追放者は全員まとめて送りだされたが、カリュドンの狩人は一名ずつか、あるいは同一グループごとに転送プラットフォームに送りこまれる。

ライニシュとその忠臣たちは、連絡用トンネルでいくらも待たないうちに呼びあげられた。

侏儒のガヴロン人が真っ先にエネルギー・レーンに足を踏み入れ、転送プラットフォームに運ばれた。アラスカはすこし不安な思いで、のこる二名とともにあとにつづく。黒いパノラマ展望窓のあるキャビンになにげなく目を向ける。窓の向こうに、迷宮門を操縦するナック種族のアルドルインがいるはずだ。

アラスカが不快感をおぼえたのは、最初に訪れたさいに細胞活性装置を調べられたせいだ。ナック種族のプシ感覚器で検知できるように細工されたことはまちがいあるまい。装置の持つ意味を完全に理解していなかったとしても、怪しげなものとみなしたわけだ。

ナックが自分を細胞活性装置なしで迷宮に送りこむことも可能だろうか?

キャビンが下降し、アラスカは揺らめく転送フィールドにつつまれた。一瞬、パニックに襲われる。ナック種族の門マスターが細胞活性装置を返さないかもしれないと考えたくはないし、そのことに対してはとくに不安はなかった。ただ、六百年以上前に起きた悲惨な転送事故以来、転送機に対して心の奥に根ざす気おくれがあるだけ……

閃光を浴びて非実体化したとき、思考はふいにとぎれた。原子に分解され、受け入れ転送機で再構成されたときも、なにも感じなかった。

ルランゴ・モジャの責任者サンパムによると、変異の第一段階は生理機能を異次元に調整するプロセスだという。だが、そのような感覚はまったくなかった。周囲はすっかり闇につつまれ、肉体を持たないという感覚しかない。

「おい、ハトゥアタニたち！」どこかからライニシュと思われるひずんだ声が聞こえてきた。「ぶじにルランゴ・ビリに着いたか？」

「どこにいるのか、なにも見えない」やはりひずんだべつの声。

「われわれ、ほんとうにもう第二の門にいるのか？」アラスカがたずねた。自分の声もやはり変質しているのがわかった。

「そういっただろう」ライニシュは、ふくみ笑いしながら断言した。「きみたちの感覚器官がここの条件にもうすこし慣れたら、プラットフォームと、防護服を着たアルロファー人たちの姿が目に入るだろう。だが、それは重要ではない。よく聞け。ルランゴ・タトゥから迷宮に送りだされたら、着いた場所から一歩も動いてはならない。わかったか？」

シジョルとアグルエルは指示どおりにすると約束し、肉体感覚が徐々にもどってきたアラスカは、ただうなずく。ライニシュの感覚器官はもっと熟達しているから、かれにはこちらが見えているにちがいない。

ライニシュが先をつづける。聞き慣れた声の響きにもどったようだ。

「精神的・プシオン的に適応しているにもかかわらず、ルランゴ・ビリへの移動のさいにストレンジネス・ショックを受けて正気を失う狩人もいる。精神混乱はふたたび消えることもあるが、ときには……いずれにせよ、なにがあっても逃げてはいけない」

「われわれのひとりが正気を失ったら、どうなるので？」アグルエルがたずねた。

「その場合……」

アラスカが答えを聞くことはなかった。変化した条件に目が慣れて、転送プラットフォームが透明な平面となり、背景に昆虫に似た姿がぼんやりと見えたような気がしたとき、ふたたび暗闇にのみこまれたから。

今回は非実体化のさい、ねじ曲げられるような痛みを感じた。痛みはしだいに強まり、徐々になにかべつのものに変化していく感覚がある。

暗闇のなかに、ふいに光源があらわれた。細長いパイプ状で、輝く光暈《こううん》のようなものがそなわっている。アラスカは光るパイプに接近しはじめた。ねっとりとした粥《かゆ》状の物質にくるぶしまで浸かりながら前に進む。すると、影がひとつ、光源の手前に移動してきた。押しのけようとすると、手は影を突きぬけた。だが、影はひとりでに横に進みながら、実体がなくなっていくように見える。

「ライニシュ！」思わず呼びかけた。侏儒のガヴロン人の顔が見えたような気がしたから。ライニシュの声がくぐもったシカの鳴き声のように響く。

「手をどけろ……シェーディ……！」うなり声と同時に、その顔がジグソーパズルのように無数の断片に分解するかに見えた。

スクリーンで目にした追放者百名のことが、またしてもアラスカの頭に浮かぶ。かれらはルランゴ・タトゥの光る柱にふらふらと近より、その光のなかで灼熱するかに見え……オルフェウス迷宮へと送りだされたのだった。

いやだ！　そう叫ぼうとしたとき、なにかにつかまれ、光源に押しつけられた。ふいに決定的な一歩を踏みだすことへの不安を感じた。なにかがうまくいっていないと、突然わかったから。

だが、あともどりはできない。最終的な変異のプロセスはもうとめられない。おのれの宇宙との最後の現実的な接点である魅惑的な光のなかに消滅し、べつの世界に、未知の超現実に引きこまれていく。変化した諸段階の現実にとらえられて形成され……解放される……

頭蓋のなかでなにかが爆発した。脳が分裂する。脳をひとつにまとめている容器が破裂し、さらにばらばらになってひろがり、やがて超現実との境界まで拡張していく。

耳鳴りがした。痛みをあたえる金切り声が千の雑音と混じり合って音地獄となり、個々の音が感覚器官に命中してくる。雑音が炎となって皮膚を焦《こ》がし、目を見えなくさせる。やがて目から血が流れて、赤いヴェールごしに、頭上にいる怪物の姿が見えた。

「シェーディ！」甲羅を持つ獣が叫び、死の一撃をくわえるために鉤爪を振りあげた。

「ストレンジネス・ショックだ！」

雑音の洪水がおさまると、イシャラの発するぴーという音が感知できた。三方向の至近距離からも、頭上の怪物からも聞こえてくる。

はるかかなたから、聞き慣れた物音が近づくように響いてきた。だが、実際に耳で聞いているのか、ほかの感覚器官で感じとっているのか、わからない。

「かれの身に……なにが？」毛皮を持つ獣が問いかけてきた。腕は金属バーで強化され、目のかわりに砲口に似たパイプがふたつ、ついている。

「われわれ、かれをどうしたら……？」

「引き受けた！」頭上にいる甲羅動物が、話しながら裂肉歯をこすり合わせる。だが、甲羅は遠ざかり、醜い頭蓋がふたたび接近してきた。肉食動物特有の歯のある口が音声を発し、つながって言葉を形成する。「わたしはライニシュだ。ひどく驚かしてくれたものだな、シェーディ」

「なにが……起きたんだ？」つかえながら問いかける。一語一語を発するのに、いいようもないほど苦労がいる。

「きみは変形した」ライニシュから変異した怪物が応じる。「きみのからだに……いや、体内に、変異に影響をあたえるなにかがあるのだ」

「え……？」

ライニシュである怪物は、パーミットから形成された金属製の前脚でアラスカの胸を突いてきた。

「きみの護符が……光をはなっている！」ライニシュが説明する。「だから敵だと思った。ほうりだせ！」

「なにを……？」アラスカはまだひどく混乱していて、相手のいうことがきちんと理解できない。

「きみの護符だ！」ライニシュがくりかえす。「ほら、五次元性振動を持つ卵形のインパルス発信機のことだ。思いだせ！」

「ああ、そうか」アラスカが小声でいった。ライニシュがいうのは細胞活性装置のことだ。では、門マスターはこれをとりあげなかったのか。かれは安堵した。

「わかるか？」ライニシュは異様な顔を間近まで近づけてきた。「それのせいで怪しげなオーラがきみに生じて、狙いやすいターゲットになっている。手ばなすんだ」

「だめだ！」アラスカが決然と叫ぶ。「これはお守りなんだ」

ライニシュはつかのま考えてから、

「ふむ、そのほうがいいのかもしれない。きみが手術後も生きのびるかどうか、わからないから」

「手術だと？」アラスカはいぶかる。

「いつから頭がそうも鈍くなった？」ライニシュが怒声をあげる。「きみが変異したとき、いまいましい護符が新しいからだの内部に移動したのだ。臓器のどこかにはさまっている」

やっとわかった。だが、超現実世界で細胞活性装置がおのれと一体化したことをよろこんでいいのだろうか。もしかすると、命を危険にさらすハンディキャップを背負ってしまったのではないか。ライニシュがまたしても脅してくる。

「きみの護符の振動は、イシャラのインパルスをおおいかくすほどなんだぞ」

2

まもなく次の幽霊タイムがくる。今後の長期間にわたって、最後の幽霊タイムとなるだろう。

アッカルの聴覚は時とともに非常に繊細に発達し、〝プシクの歌〟のこまかいニュアンスまで聞きわけられるようになっている。歌は変調し、しだいに膨《ふく》らんでいくのが聞きとれた。つまり、不可視の門が再始動したということ。

気持ちを集中させる……まもなく次の幽霊群が門を通過してくるだろう……だが、物音を聞きとるのがしだいに困難になってきた。腹が減ってたまらないのだ。空腹のせいで、宿主であるエジブリー体が衰弱していく。猛烈に腹がたつ。おかげでなにも見えず、なにも聞こえない。

うまいスレイヤをしとめたのはもうずいぶん前のことで……とっくの昔に消化した。エジブリーは多量の栄養を必要とする。ボセムをかかえる宿主エジブリーはなおさらで、倍量の食物がいる。いや、そもそも迷宮ではエネルギー消費がずっと速いのだ。

プシクの歌がクレッシェンドしていくのを聞いて、アッカルは興奮のあまり震えた。そのとき、最初の幽霊が出現した。霧のようなヴェールから、いくつかの姿が形成されていく。まずセプラローン、オグハウアー、クラブスの外見をとり、それから再形成されて未知の混合生物になったのち、コットに、ムターに、バンスクに、さらにこれらすべての混じり合った姿に変わっていった……幽霊タイムになると、つねにそれまで迷宮に存在しなかった新しい被造物が生まれることは、知られている。

アッカルが見守るなか、被造物たちは逃げていく。出現したのと同じすばやさで姿を消した。

かれは怒りと空腹のあまり、大声をあげる……一幽霊が叫び声に引きよせられ、襲いかかってきた。それはかれの目の前で変異し、コットの姿になった。もともとのコットは尾の短い蛇に似た生物で、角ばった頭を触手八本からなる環がとりまき、歯のない大きな口を持つ。

だが、このコットには危険な武器のように見える体部がいくつかある……いや、ほんとうに武器だ！

もう逃げられない。アッカルがからだを動かすより先に、コットがなにかを投げつけてきた。電気に打たれた感じがして、かれは震えだした。宿主であるエジブリー体全身が痙攣《けいれん》する。

コットは身をくねらせて、無防備に見える獲物の周囲を踊り歩きながら、勝ち誇った吠え声をあげた。大声で嘲弄《ちょうろう》しているが、アッカルには理解できない。

空腹のあまり、なにも聞こえないのだ……いまや宿主から隔離したので、痛みはまだすこしも感じない。膨張してエジブリーになった、本来の自己であるボセムのからだに心を集中させる。

宿主がおちつくと、その神経系とコンタクトをとり、感覚器官を使わせてもらうことにした。

コットに変異した狩人は、獲物をしとめたと確信したらしい。エジブリー体の動きがとまったので、死んだか、あるいは意識を失ったと思ったのだ。触手を使ってヒラメ形の一物体をとりだし、周囲にエネルギー・ネットを構築しはじめた。

アッカルはまだ死んだふりをしながら、宿主の目をときどき半分だけ開けてチャンスを待つ。コットがエネルギー・ネットを投げかけてきたとき、アッカルは宿主の力のありったけを集中させて、偽装した狩人に跳びかかった。

コットのしっぽをつかんで振りまわす。大気のなかを二回転させてから地面に投げつけ、手をはなすと、すぐさま上に跳び乗った。コットは頸をつかまれるとお手あげだということはわかっている。

相手が地面に横たわっているあいだに、強固な顎で打ちかかった。だが、なにかがおかしい。歯がやわらかくてうまい肉に食いこむかわりに、音をたてて折れたのだ。

それればかりではない。エジブリー体の顎が痙攣し、全身が麻痺しはじめた。

恐怖でパニックにおちいりそうになる。逃げるのが遅れれば、エジブリー体内に寄生するおのれのボセム体にも麻痺がおよぶとわかっているから。

コットのほうも攻撃者を振りはなそうと身をよじらせるが、引きつる顎はしっかりと食いこんではなれない。

アッカルは間一髪で宿主のからだから脱出した……ほとんど同時にコットが触手二本を武器に変え、からだに食らいついた敵に向かって発射した。

コットはからっぽのからだを振りおとし、周囲を見わたして状況を探る。アッカルの姿が目に入った……孵《かえ》りたてのボセムの雛《ひな》となったアッカルだ。翼をぱたぱたと動かして栄養溶液を振りはらい、翼をひろげようとしている……

なにかがしゅっと音をたてて接近してきた。アッカルはわきに押しのけられ、苦痛の悲鳴をあげる。脚がまだおぼつかず、さらにわきによろめく。すると目の前に深い淵があらわれ、そこに落ちた。翼をひろげてゆっくりと下降していく。そのうち上昇気流に行きあたることを願いながら……だが、一サイクロンの黒い中心に入ってしまい、さらに深く下降しつづける。はげしい気流が巻き起こり、信じられないほどの速度で吹き飛ばされた。

だが、アッカルはすこしも気にしない。だいじなのは狩人から逃れられたこと。地を這う生物、よろめき歩く生物、ふらふら揺れる生物、穴を掘る生物、遊泳生物たちの領域である深い淵は、ボセム種族にとって非常に厄介なのだが、まだ心配はしていない。なにはともあれ生きのびた。だいじなのはいまのところそれだけだ。

だが、まだ空腹をかかえたままだった……

*

スリマヴォは準備がなかったわけではないのに、迷宮に入るときにふたつの驚きを体験した。

ルランゴ・モジャとルランゴ・ビリは、ヴェト・レブリアンとともになにごともなく通過した。かれの存在は、冷静でバランスのとれた感情の流れによって感じられた。かれは自信に満ち、スリのことも案じていない。彼女ならオルフェウス迷宮のずれた現実のなかでも自力でやっていけると、確信しているらしい。

ルランゴ・タトゥの平面に到達し、シグナル・ライトによって位置を確認しようとしたときだ。スリはなにかにつかまれた。それは不可視の純粋精神だったが、ずっと自分を観察していたような感覚がある。

自己精神世界への攻撃に彼女は抵抗し、つかみかかってきた思考感知者をプシ・リフレクション能力で防御する。異存在はひるんだが、すぐにまた襲ってきた。

一瞬、黒っぽく光るナメクジに似た姿に思われた。プシ感覚器がぴくぴくと震え、ちいさな腕十二本が左右に動いている。

スリが防御を強化すると、たちまち異現象は消えた。

いまやはっきりした。ヤグザンの門マスターをつとめるナック種族がコンタクトをとろうとしたのだ。それにしても、ただの好奇心からなのか、それとも彼女を操作する試みだったのか？

スリはぞっとして、ヴェトに話すことに決めた。だが、次に起きた出来ごとによって、このエピソードは意味を失ったように思われた。ヴェトは事前にこう警告したもの。

〝きみは現実世界ではパラプシ能力をコントロールできるから、任意に使える。だが、超現実世界でもそうかどうかはわからない。きみの持つエンパシーが災《わざわ》いとならないともかぎらないだろう？〟

そして、実際にそのとおりになった。

迷宮に送りだされたとたん、比類なき感情の嵐に襲われたのだ。変異されて送りこまれる環境の印象を最大限にキャッチするために、精神ブロックを解いた状態だったから。

いまや、あらゆるものがいっぺんに流入してくる。

迷宮に住むあらゆる生物たちのはてしない叫び声がひと塊りになっていた。狩人にしろ追放者にしろ、ありったけの感情が彼女に向かって押しよせてくる。憎悪、怒り、不安、苦痛、心の痛みといった、迷宮の住民たちが感じるとおりの感情が入ってきた……いま、この瞬間に！

プシオン圧力のあまりの強さに、押しつぶされそうに思われた。感情の波に抵抗する力がないし、おのれを遮蔽《しゃへい》することもできない。迷宮世界のあらゆる憎悪や苦悩が入りこんで、彼女の心を占拠しようとしている。

驚愕や悪意といったネガティヴな感情すべてが磁石に引きよせられるように流れてきて、スリは焼け焦がされ、灰になってしまいそうな気がした。悲鳴をあげる。いっそのこと、脳に手を突っこんで、超現実の不要物を引きはがしてしまいたかった。だが、それらを個々の断片に区別して分類することはできない……増大しつづける、ひとつの大きな雪崩《なだれ》現象なのだから。

はじまりかけた狂気にあらがう力はもうない。迷宮内のあらゆるネガティヴ感情を引きよせる吸着点となり、迷宮住民たちの触媒の役割をはたすのが運命ならば、受け入れようではないか。もしかすると、それが状況改善に役だつかもしれない。

狂気が訪れるのを待つ……すると、それは無数の細い繊維で編まれた幽霊の姿であらわれ、襲いかかってきた。すでにダメージを受けていたスリは無気力となり、征服者の手に落ちた。

だが、狂気は彼女の降伏をそのまま受け入れず、条件をつけてきた。征服するだけではたりず、彼女の心を勝ちとりたいのだ。

繊維からなる姿はからだを折り曲げて待ちかまえている。その姿は、幾重にも枝分かれした稲妻を思わせた。電光六本を脚にして接近してくる。

からだから糸を出してきた。それは織られて束となり網となり、スリをおおってつつみこんだ。彼女は、いまやおのれを完全に包囲する狂気の内部を観察する。紡績糸からなるそれは結晶化して漆黒の球になり、回転しはじめた。辺縁部からちいさな黒い点が乖離《かいり》し、らせんを形成していく。

スリはこの現象に魅了され、見ているうちに不安は消えておちつきをとりもどした。黒い色素からなるらせんが徐々に大きくなり、狂気の黒いミニチュア銀河の中枢が見えてくるにつれて、ますます冷静になっていく。

らせん銀河は色素の低密度な集まりとなり、さらにちかちか光る黒い霧に移行していく。スリは平静そのものだった。

黒い色素は集合して楕円形構造物となり、ふたたび高密度な漆黒の球が形成された。狂気は、いまもなお電光脚六本と多数のアームを持つ稲妻の姿のままだ。曲がったジグザグの稲妻は、非常に細いグリーンの糸で織られた緻密な網からなる。この網が黒い骨格に張りめぐらされている。

「ぐあいはよくなったか、スリ？」と、狂気がたずねてきた。「わたしだ、ヴェトだ。スピーラーの姿だが」

稲妻の黒い目が、気づかわしげにこちらを見ているように思われた。

「ありがとう、ヴェト」スリはいった。異様な声……いや、声ではないのか？「あなたがいなければ、どうなったことか」

「外部の助けを借りなくても、きみは自力で自分をとりもどしただろう。すこし長くかかっただけで」ヴェトが請け合う。プシオン性の目である黒い球は、ほどけて無数の色素の集まりとなった。「きみはおのれのエンパシー能力の犠牲になったんだ」

「ほかにわかることは？」スリは疲れた声でたずねる。

「われわれは迷宮のなかにいる」稲妻に似たスピーラー姿のヴェトが説明する。「脱出する手だてを考えなければ。ここに長くいるのはよくない。きみはなかなか運がいい。バンスクになったのだから」

「それ、正確にはなんなの？」

「見せてあげよう」

ヴェトは稲妻のアーム三本を動かし、からだをつつむネットを通して、スリにはなんだか異物のように思われる自分の骨格に触れた。それから説明する。

「背嚢はもはや体外につけてはいない。この新しいからだでは外骨格となっている。べつの姿になっていたら、わが〝進行役〟をアクセサリーとして頭につけることになったかもしれない。いいか、スリ、これがきみの姿だ」

　スリの目の前に、反射作用のある霧状の楕円平面があらわれた。うつっているのはいっぷう変わった生物だ。長い頸は白鳥のそれのように弓なりで、上に洋梨形のちいさな頭がついている。頸の下にあるのは豆のさやに似た胴体で、胸部が前方に膨らんでいた。頸の付け根から伸びる細い腕二本には、関節がふたつあり、指の三本ある手がついている。上部がうしろ向きに軽くそった胴体のまんなかから伸びる脚はやはり細く、関節ふたつと足指三本を持つ。

「美しいと思わないか、スリ？」ヴェトがたずねた。

　バンスク姿のスリは、鏡面の前で背中が見えるようにポーズをとる。洋梨形の頭を見ると、顔は人間とほぼ同じで、上部に金属製のキャップに似たものが鎮座している。そこから指の太さのパイプが出て、背中にある奇妙なかたちの装置につながれていた。

「戦闘ヘルメットが変化したものだ」ヴェトはいい、鏡面作用を停止した。「おのれの姿にうっとりするのはもうよかろう。前進するぞ。狩りははじまっている。不利な形勢におちいりたくはない。エンパシー能力を軽くテストしたいんじゃないか？」

「いえ、どうも。もう充分よ」

スリは、ほっそりした長い脚で進みはじめた。威厳のある足どりに驚き、走ったり跳んだり宙返りしたりしてから足をとめた。はるか後方にヴェトのかすかな霧のような姿が見える。周囲ははてしなくひろがるクリスタルの風景で、たえまなく変化している。「超現実ってほんとにすてきな世界だわ！」はしゃいだようすで呼びかける。「ここならしばらくいてもいい」

ヴェトは長い電光脚を動かして進んでくる。歩行には三本だけを使い、踏みだすたびにからだが上下左右に揺れるようすは、繊維状のからだから閃光がほとばしるように見える。

ヴェトの姿が近づくにつれ、独特のオーラをはなっていることがわかった。エンパシーを使わなくても感じとれたのだ。かれは文字どおり脈打っていた。その脈動がはっきりと伝わってくる。かれが近づくにつれて、彼女の頸の付け根のところで、しだいに鼓動がはげしくなっていく。

頸に手を当てると、直径四センチメートルのまるいメダルのようなものがある。ヴェトがそばまできたとき、金属製骨格の胸部の高さに同様なメダルがついているのが見えた。

「イシャラに注意するんだ！」ヴェトが呼びかけてきた。「ここにいるのはわれわれだけではない」

「あなたのインパルスは受けとったけど、ほかにはなにも感じないわ」スリは説明する。

ヴェトが左方をさししめす。スリがそちらに向きなおったとき、イシャラのはげしい鼓動はとまり、かすかなむずがゆさだけがのこった。

「ほかの狩人だ」ヴェトが説明する。「べつの猟区を探さなければ……あぶない！」

ヴェトは電光の手でスリをつかみ、引きよせた。

スリは、その直前にクリスタルの地面が震動するのを感じていた。いまや、四方にいきなり巨大なクリスタル塊が形成されている。あまりにも急速にそびえていくので、個々のプロセスを目で追うことができない。

「ここを去るんだ！」ヴェトが叫ぶ。

しかし、逃げるにはもう遅い。奇妙なクリスタル塊の森に突如かこまれてしまったから。クリスタルは急速に高く伸び、横に枝を伸ばしていく。

「ちくしょう！」ヴェトがののしる。「われわれ、迷路に閉じこめられた」

「出る方法はないの？」スリが訊く。目の前で展開する驚異的な出来ごとに深い感銘を受けて、パニックすら感じなかった。

「それはできる。だが、アラスカから隔絶されてしまった。次のシグナルを受信するまで、どれだけかかるかわからない」

＊

クリスタルは徐々に発光力を失っていく。なめらかな表面が汚れたグレイの多孔質に変化し、しだいに崩れてばらばらな塵《ちり》となった。

「踏む場所に気をつけて」ヴェトが注意をうながす。ふたりは傾斜の急なトンネルをのぼっていた。ヴェトは突出した鋭い岩を電光の手でつかみ、からだを引きあげようとしたが、見たところ頑丈そうな岩は触れただけで塵埃《じんあい》と化し、宙を流れて見えなくなった。

「そうだと思った。クリスタルがすでに崩壊しはじめている。このドーム全体が落ちてくる前に、迷路を脱出しなければ」

バンスク姿のスリはヴェトよりずっと速く進めるが、誘導してもらうためにかれの背後にとどまった。なんといってもヴェトは、オルフェウス迷宮で二千年の年月をすごしたことがあるのだから。

不死力を得ることなくそれほどの期間を生きながらえたのはなぜかと質問すると、ヴェトはこう説明した。迷宮の住民は完全に異なる時間尺度を持ち、超現実における時間の進行は標準宇宙とは違うから、と。

「ここでは、われわれの知る自然法則は通用しない。いや、そもそも法則性は存在せず、予測不能な現象の連続なのかもしれない。この世界で決定的なものは死だけだ。われわれの世界と同じく」ヴェトはそういっていた。

かれは頭上の突起を手でつかみながらのぼっていく。電光の脚を振りあげて、上部のプラットフォームにからだを持ちあげようとしたとき、強固そうな岩が割れて埃《ほこり》が舞いあがった。

埃のなかを稲妻が浮遊したかと思うと、ヴェトの姿が見えなくなった。スリは立っている突出部からすばやくはなれ、大きくジャンプして反対側に移動した。イシャラがはげしく脈動する。ヴェトが頭上のどこかにいるしるしだ。

「やったぞ！」上方からヴェトの声が聞こえてきた。「道をしめしてあげよう」

スリはまだ浮遊する塵埃につつまれている。こまかい粒子がからだに積もり、液化して皮膚を流れ落ちていく。水滴が散り、皮膚の毛穴に吸いこまれるのが見えた。ぴりぴりした心地よい感触がある。どことなく皮膚が弾性を帯びて、全身に活力が得られた感じだ。

ちいさな蚊の大群に似たものが目の前に生じて、大気内をふらふらと移動して遠ざかっていく。スリはあとを追うことにした。色素としてヴェトの顔に沈殿したプシオン性の副産物だとわかっていたから。超現実の世界では、このプシオン粒子を偵察員やスパイ、または道案内として送りだすことができるらしい。

まもなく、スリはヴェトに合流した。

そこは雄大な山脈のなかで、表面はまだクリスタルのままだ。赤く輝く雲状形成物が、回転花火のように頭上に渦巻いている。縁の部分が紅炎のように燃えながら、周囲のぶあつい暗闇に射しこんでいた。

「これはなに?」スリが訪ねた。

「〝赤い目〟のことか?」ヴェトは訊きかえし、回転する炎を見あげた。「一種のエネルギー・レンズだ。〝赤い目〟が凸であるか凹であるかに応じて、通過する物体を巨大化または微小化する性質を持つ。ほかに転送効果もあるが、通過後にどこに出るか、予測がつかない。サイクロンのほうが移送手段としてはすぐれている……抜けでるのがたやすいから。われわれが行くのはあそこだ!」

ヴェトは、鬼火のようにグリーンに光る霧の壁をさししめした。霧は左側から、終わりのないように思われる巨大なクリスタル連山上方にひろがっていく。

「あまり行きたい気がしないわ」スリはそういうと、向きを変え、ますますはげしく光を発する不吉そうな霧前線にイシャラを向けた。軽くくすぐられる感覚がある。「あそこにだれかがいるわ。狩人のようね。イシャラのミスでなければ」

「では、お楽しみに向かって直進!」ヴェトは霧に向かってぎこちなく歩きはじめた。すでに霧の先端部がかれらをつつみ、頭上の空をかげらせている。霧は濃くなり、スリは目の前にある手が見えないほどだ。

「シーソーにつかまれても驚かないことだ、スリ！」霧のどこかからヴェトが呼びかけてきた。イシャラによると、二十メートルとはなれていない。「胃が引っくりかえるだろうが、それ以外はなにも起こらない！」

目の前がぴかっと光ったかと思うと、彼女はふいに嵐の前線のまっただなかにいて、明滅するグリーンの光につつまれた。それが電気を帯びて彼女の体内に放電してくる。バンスク体は瞬間的に無感覚になり、それからものすごい力で持ちあげられた。超高速でどこかに向かって投げ飛ばされたので、内臓がすべて体内の一点に圧縮されたように感じる。頭のなかは完全にからっぽなのに、同時にすさまじい圧力で押しつぶされる感覚だ。すぐに無重力になり、周囲のあらゆるものが回転しはじめた。霧が割れ、彼女のからだはかたい地面に落下した。

上方を見ると、堂々たる体長の危険そうな蛇が目の前にいる。角ばった頭をぴくっとうしろに引き、同時に多数の触手を彼女のほうに伸ばしてきた。

怪物はすぐには攻撃せず、忍びよってこちらを査定しているらしい。

スリは、戦闘ヘルメットの性能をまだ調べていなかったことに気がついてぎょっとした。超現実ではぜんぜん違う構造になっているというのに。ルランゴ・モジャの武器商人が使い方を説明していたが……超現実ですべて変わってしまったのではなんの役にもたつまい。

蛇がしゅっと音をたててなにかいった。スリは相手の感情をかすかに感じる。自分の能力をもっと使えそうだと勇気がわいた。

スリは感じとった。相手は不安をいだいている！　彼女が蛇を恐れるよりはるかに強く、蛇はスリを恐れていた。蛇は、間一髪で死をまぬがれるという恐ろしい体験をしたばかりなのだ。エジブリーか、それともなんらかの野獣か。なんにせよ、蛇に似たこのコットは、もうすこしでその相手にやられるところだった……

わきを見ると、命のないからだが目にとまった。からっぽの麻袋のようにくずおれた死体。スリはぞっとして、獣の感情世界から共感センサーを引っこめた。

エンパシーをオフにした状態で、いまようやくイシャラのインパルスを感じとる。殺された生物、つまり目の前にころがるからっぽの死体からくるものだ。

スリは驚愕した。このコットが、危険な触手を武器とする蛇が、カリュドンの狩人一名を倒したのか！

彼女はヒュプノ作用を受けたようになった。自分のからだをまだよく知らないから自衛できそうにないし、装備された武器の使い方はもっとわからない。エンパシー能力を使ってためすしかあるまい。現実世界と似た効果があることを願うばかりだ。

コットはふたたびしゅっと音を発した。攻撃することに決めたらしい。そのとき、ヴェトが怪物の背後にあらわれた。攻撃のかまえをする……まさに間一髪で！

ほっと胸をなでおろそうとしたとき、コットの感情波を受けとり、スリはとまどった。それは獲物を引き裂く獣にも、カリュドンの狩人のターゲットである追放者にも、合致しない感情だったから。

スピーラーのヴェトが、電光アームを振りあげ、背後から蛇に向かって打ちおろそうとしている。

「だめよ、ヴェト！」スリは必死で叫んだ。「このコットは友だわ。かれは……」ありったけの精神力を使ってヴェトに抵抗する。かれの行為をとめなければ。とんでもない思い違いを信じてコットを殺させてはならない。

ヴェトの凝集したプシ色素が飛び散り、スリはそのなかに倒れると思った。抵抗力が消え、精神が仮のからだからどんどんはなれていくのが感じられる。迷宮世界からはなれ、超現実からはなれ……プシオン副産物の集合体のなかに入っていくらしい。

暗闇がおりてきて、彼女をおおう。

意識を完全に失ったわけではない。精神はからだの外にあり、思考は自由だ。声がはるかかなたからのように聞こえてくる。ヴェトが不動のバンスク体に向かってかがみ、それからコットに向きなおってこういった。

「バンスクはきみを守ろうとした。ひとえにそのためにわたしに抵抗したのだ。きみはなぜ、自分が狩人であることを知らせなかった？」

蛇は、そばにだらりと横たわるからだをさししめした。

「このエジプリーが、わたしに殺される前にわたしのイシャラをとりあげたので」

ヴェトは電光の脚で死体を突いた。

「これはただの人形にすぎない。なかに寄生者が住みついていたのだ。宿主はすでに死んでいたから、戦利品としては認められないな」

コットは触手をぴくっとさせて、

「そうかもしれない。バンスクはどうなった?」

「生きている」ヴェトは短く応じる。「だが、もしきみのせいでダメージを受けていたら、きみを八つ裂きにするぞ」

「わたしは狩人だ」

「きみが死んでも、だれも悲しむものか。狩りに事故はつきものだ。きみは何者だ?」

「きみこそ何者だ?」コットが逆に訊きかえす。

ヴェトは、プシ視覚器官で相手を凝視した。黒い粒子が分散化しはじめ、球は回転するらせん状アームとなってゆっくりとコットをつかむ。

スリがどこからともなく宿主のなかにもどった。うめきながらからだを起こして、ちいさな頭をヴェトに向け、

「このコットの正体、わかったわ」と、弱々しい声で告げる。「プテルスのジョン・ヴ

アル・ウグラドよ」

「アラスカの友のジョニーなのか？」ヴェトは意外そうにいい、プシ粒子をふたたび集合させる。粒子は、金属製骨格の最上部で黒い目になった。「われわれに知らせなかったのはなぜだ、ジョニー？　知っていればこのような誤解は生じなかっただろうに。アラスカはどこにいる？」

「知らない」蛇に似たコットの姿をとるプテルス種族のジョニーが応じる。「わたしは迷子になってしまった。迷宮の地図を所有しているが、読めないようなのだ」

「迷宮の地図を持っているだと？」ヴェトはおもしろそうに訊きかえし、ぴかっと雷光を発した。「きみはおめでたいやつだな、ジョニー！　たとえオルフェウス迷宮の地図を作製できたとしても、完成しないうちに使いものにならなくなる。迷宮はつねに変化しているんだから」

「では、どうやって位置確認したらいい？」

「時とともにしるしを解釈すれば、シュプールを読めるようになる」

「わたしにはとても無理だ！」コットはおびえるようにとぐろを巻いた。

「ならば、ジョニー、みじめに落ちぶれることになるぞ」

「きみたちに同行してもいいか？　しばらくのあいだでいい。すくなくともある程度、勝手がわかるようになるまで」

「ようすを見よう」ヴェトが応じる。「まずは休憩を入れて位置をたしかめる」

3

アッカルはボセムの翼を呪った。匍匐《ほふく》生物たちの世界では、翼はじゃまになるばかりだ。身をかくせそうな裂け目はたくさんあるのに、かさばる翼のせいで入れない。それに、水流や湖を利用することもできない。翼が水を吸収して重くなるので、沈んでしまうからだ。一度などは溺れるところだった。たまたま氷塊が流れてきたので、つかまることができたが。

できることなら翼を噛み切りたいと思った。これでは狩りどころではない。肉の味など忘れてしまった。鉱物を食べ、塵埃を口にし、細流の液体をすするだけだ。それらが内臓のなかでごろごろと鳴っている。

それでも捕食者や、迷宮の住民に偽装した狩人に出会わなかったのはさいわいだった。

一度忍びこんだ弱者の集団では、どうしようもない状態になると、メンバーたちが説くように肉をやめて迷宮世界に育つ果実だけを口にすると誓ったものだった。かれらのことが懐かしくてたまらない。あそこの社会では安全だし、かれらに守ってもらい、世話してもらえるだろうから……

そうやって夢心地で過去のよき時間にもどりたいと願っていると、あるインパルスを受けて無気力状態から引きもどされた。

そばに狩人が一名いるのをはっきりと感じる。

アッカルは砂のなかに埋もれた状態で脱水症状になるのを予測していた。ボセムは食糧なしで長くすごすと乾燥して縮小し、なんのへんてつもない塊りになるという知識が、混乱した心のどこかにあった。すでに一度、この方法で宿主に行きついたことがある。エジブリーのハルがなにも知らずにかれをのみこんだときのことだ。もう一度同じようなチャンスを待つのもいいのでは？　狩りがすむまで、深い睡眠状態で生きのびられるかもしれない。

だが、いまや狩人が接近してくる。シュプールはもう見つかり、かくれ場がばれたのか？

目のひとつが表に出るように、砂をかきわける。

狩人の姿が見えた。それまで一度も見たことのない、恐るべき混合生物だ。このような姿はなんの意味がある？　オグハウアーではないのにオグハウアーのような甲羅があるし、クラブスではないのにクラブスの戦闘はさみを持ち、ムターではないのにムターのように毛におおわれ、手足はやはりたったの二本ずつで、直立歩行するのだ。毛の生えた頭にちいさな目、ひらたい鼻があり、突きだした幅広の口の下には金属の襟飾りがついている。

多種多様な装備のついた襟飾りから、警告インパルスが送られてくるのだ。

わけがわからない。犠牲者にシグナルを送って警告する狩人とは、いったい何者か？ おのれを神に等しいと感じ、獲物に残酷なゲームをしかけて興じてからしとめる傲慢な相手なのか？

混合生物のふるまいはことのほか慎重で、さっぱり事情がわからないという印象をあたえる……だからこそ危険きわまりないのかもしれないが、そのような策略にははまらない。アッカルは弱々しいボセムなので、脱水状態になって、塵食らいに食われるのを待つほうがよさそうだ。

砂のなかをさらに深くもぐりこむ……だが、なんの役にたつというのか？ なにかが砂のなかを突いてきて、からだのやわらかい部分を突き刺したのだから。痛い。思わずからだを曲げる。苦痛のあまりはげしく翼を振ったので、砂が滑り落ちた。

いまやすっかり砂から出て、飛ぼうとしてみる。目の前に二足歩行の混合生物がそびえるように立ち、戦闘はさみで突いてきたり、振りまわしたりする。狩人の不吉なインパルスが強烈になり、アッカルの心は乱された。

どこに逃げたらいいのか、わからない。ものすごく腹が減っていて、いまいましい狩人をいっきにむさぼり食いたいほどだ。やけくそになったアッカルは、戦うことに決め、混合生物に跳びかかった。まぐれ当たりで倒せることを願って。すごいごちそうになりそうだ！

だが、狩人はいともやすやすと攻撃をかわした。アッカルを塵埃のなかに投げ飛ばし、毛の生えた脚で翼を踏みつける。あおむけに倒れたアッカルは、手も足も出ない。とどめの一撃を待つ……もはや死を覚悟して。

「早くやってくれ！」ほとんど懇願するように叫ぶ。「さっさとかたづけろ。これ以上苦しむのはごめんだ」

「きみに手を出すつもりはない、ちびボセム」狩人がいった。「きみの命がほしいわけではない。心配無用だ」

混合生物は向きを変え、かれの横にしゃがみこんだ。

「命を助けてくれるのか？」と、アッカル。意外なことだ。「でも……あんたは狩人ではないか！　はっきりそうしめしたんだから」

「そのつもりではなかった」混合生物は悔いたようすでいった。「イシャラの調子が悪く、誤ったシグナルを送るので、わたしは迷宮の住民にも狩人たちにも、みんなから敵と受けとめられるのだ。これぞわが呪いというもの」

「で、あんたはなんなのだ？」アッカルが訊く。ふいに希望が見えた気がした。

「わたしは既知のどのカテゴリーにも属さない」危険そうに見えるがとてもおだやかな混合生物が説明する。「わたしは侵入者であり、迷宮では異物なのだ。ここで友を探している」

「わたしを友にしては？」アッカルが提案する。

「経験豊富な同行者が必要なのだ」風変わりな異生物が応じる。「わたしの名はペリー。ここでは、わたしのような生物はアルリアと呼ばれるようだな」

「わたしはアッカル」ボセムは名乗った。一狩人が自分を盟友にしたいなんて、信じられない気がする。

だが、アッカルはのちに知ったのだが、ペリーはほんものの狩人ではなかった。迷宮世界に許可なく侵入してきたらしい。ここで同志と合流し、いっしょに共通の友を探しだして呪いを解くために。

だが、予期せぬ同行者の語ることを、アッカルはぜんぶ理解できたわけではなかった。というのも、迷宮世界を脱出するなんて、かれには思いもよらないことだから……聞いたことを正しく解釈できたとすると、ペリーはまさにそうするつもりらしいのだが。

「わたしはここにきてもう長い」アッカルは、ペリーの信頼を得ようとしていった。「だから、かつてどんな姿だったかおぼえていない。〝いまよりも前〟があることは察せられるが、もう想像できないんだ」

ペリーは、自分がやってきた別世界のことを語った。それは真の現実世界であり、迷宮世界はかれにとって超現実にすぎないという。置換された現実であり、べつの次元にある見せかけの世界ということらしい。

アッカルはペリーの話に辛抱強く耳をかたむけた。変わり者とは思ったが、ひと言も反論せずに。こんなストーリーを考えだせるなんて、よっぽどおかしな男なのだろう。それでも、ペリーはおろか者ではなさそうだ。いや、それなりに賢明ですらある。こちらの心を見ぬくのだから。

「わたしになにをかくしている?」ペリーがたずねた。「きみは親切にふるまっているが、ぜんぜん違うことを考えているな」

アッカルは、自身にダメージのない範囲内で真実を語ることに決めた。

「あんたを見ていると、かつて知り合った思想集団をすごく思いだすんだ」結局、そう打ち明ける。「かれらも迷宮世界の法則を認めようとせず、自分たちの哲学にしたがって生きることができると考えていた」

「もっと聞かせてくれ」ペリーがもとめる。

あの風変わりな者について、ペリーに話してはいけない理由はあるまい。特殊な考えを持つ、例のセプラローンのことだ。地下世界の住民全員が団結するべきだと、宣教師のように説いてまわっているという。

「そのセプラローンにじかに会ったことはないが、かれの説く教えなら知っている」アッカルは語りはじめた。「信奉者たちに節制をもとめ、肉食を禁じてこの世界の果実だけを食物とするよう要求したとか。かれのいう果実とは、埃や石ころのことだ。迷宮に生物がいないわけじゃあるまいに。かれが〝肉食らい〟と呼んでいるのは、他者の肉を食う……」

〝われわれ〟といいそうになったが、相手がいっしんに話を聞いているのに気がついてあやうく言葉を切った。単純なアルリアの目から見ても、自分は肉食らいに属すると気づいたからだ。そのことを知らせるのは、空腹をどうしてもこらえられなくなってからでいいだろう。

新しくできた道連れをおだてるために、かれはいった。

「あんたにも、どことなく尊厳者を思わせるものがある。宣教師のセプラローンと同じく」

「迷宮世界にはじめておりてきたとき、すでに似たようなことをいわれた」ペリーが応じる。「その宣教師の名は？」

アッカルは懸命に考えるふりをする。

「うん、聞いたんだが……なんといったっけ？　なかなか思いだせない」

ペリーは興奮して戦闘はさみをかちかちと鳴らし、

「アトラノス、アルドルイン、アンブッシュ、とかではないか?」と、助け舟を出す。

「そうそう!」アッカルは、いかにも思いだしたような声をあげた。「響きからいうと、アトラルシュとか、アルドラノスといった感じだったかな」

アルリアは身を引きしめ、

「よし、アッカル。わかった」と、そっけなくいった。「わたしはそうかんたんにだまされない。消え失せろ。でないと一発くらわすぞ」

ペリーはアッカルを濃い大気に向かって蹴飛ばし、向きを変えた。

ボセムは逃げたが、安全な距離をたもってアルリアのあとを追う。せっかくの機会をそうかんたんに逃すわけにいくものか。名前のことをごまかしたのはミスだったが。

「おい、ペリー!」安全な距離をたもった場所からアルリアに呼びかける。「名前のことは嘘だ。だが、宣教師を知っている思想集団のところに連れていこう」

ペリーは立ちどまった。しばらくしてから振りかえらずに、

「もう一度チャンスをあたえよう。だが、まただまそうとしたら、ただではすまない」

さっきよりもっと気をつけるぞ! ボセムは心に決める。ペリーの信頼を得るために、できることはなんでもしよう。すくなくとも、もっと強くなってペリーのような獲物をしとめられそうだと感じるまでは。

いまみたいにからだの弱った状態では、これほど貴重な守護者を失ってはならない。

だが、自分が活躍するときはくるはず。

それにしても、狩人と獲物からなるパートナーシップとは！　これまでそんなものがあっただろうか？

だが、もうすこし厳密にいうと、ペリーだってある意味では獲物なのだ。

それがのちに非常に劇的なかたちで実証されることを、ボセムはこの時点では知らなかった。

＊

イルミナ・コチストワはペリー・ローダンに警告していた。

「ヴェト・レブリアンは真剣に案じています」彼女がヘルドル星系への二度めの宙航で、ヴィールス船《ラヴリー・アンド・ブルー》の乗員たちと接触したのちの報告だ。「かれの考えによると、あなたが二度とオルフェウス迷宮から脱出できないよう、ヤグザンの門マスターが手はずをととのえるだろうとのこと。あなたはナックの注意を喚起したんですよ、ペリー。迷宮に捕らえられたとき、すぐにまた脱出したけれど、ゴリムだと見ぬかれてしまった。もう一度そんなことがあれば、あなたが二度と逃げられないよう予防処置を講じるはずだとヴェトは考えている。わたしもそう思います」

「同感だ」ペリーはそう応じたものの……すぐに二度めの迷宮探検に出かけた。ほかでもない息子ロワのためだ、という理由で。

ジェフリー・アベル・ワリンジャーの開発した〝迷宮ダイヴァー〟が安心感をあたえてくれるし、狩人のステータスをしめす模造イシャラもある。そう考えたのだが、イシャラになんらかの不備があったらしく、放射されるインパルスは、迷宮の住民全員に対して敵だと知らせるものになってしまった。獲物はかれを狩人と思い、狩人は無防備な獲物とみなす。

おまけに、ローダンが変異したのは、ヤグザンのオルフェウス迷宮において唯一無二の混合生物の姿だった。

ナック種族の門マスターが意図的にかれの変異に力をおよぼしたのか？　ローダンは、いまではそう確信している。迷宮にいる全生物に対して敵の印象をあたえるという特殊ステータスを受けとったのだから。

そういう状況なので、せめて正直とはいえないボセムでも同行者になってくれたのはありがたかった。

アッカルは、個人的なメリットがあると考えるかぎり、ついてくるだろう。アッカルが期待を持ちつづけるかどうかはこちらの出方しだいだ。危険ともなりかねない微妙な状況だが、希望がないわけではない。宣教師の教えにしたがって生きる住民集団のところに連れていかれるまで、なんとかこぎつけたい。かれらの教義をアッカルは正しく理解できていないようだが。

〝啓示を受けた者〟に会ってみたいと、強く願う。このように殺戮的環境にあって高貴な倫理観を持ちつづけてきたことに対して、いくら敬意をはらってもたりないほどだ。あわてて結論を出すつもりはないとしても、この宣教師がロワまたはロンということもありうる……あるいは、かれらのどちらかと接触した者か。それを突きとめたい。はじめての脈ある手がかりなのだから。

「わたしを運んでくれ」ボセムがたのむ。「あんたはすごく背が高くて強いから、わたしよりずっと速く進めるだろう。わたしの生活圏ははるかに高い層にあって、ここでは飛ぶことも、まともな食物を見つけることもできない。ほとんど餓死寸前なんだ」

ローダンはアッカルを頸にとまらせたが、重さはほとんど感じられない。

かれらは起伏のほとんどない土壌を進んでいく。ときどきちいさな丘が盛りあがり、まるみを帯びた頂上にクリスタルの藪が生えている。

ローダンは、クリスタルの草の実を食べるために丘にのぼった。氷のようにかたい枝についたグリーンのまるい実を、毛皮におおわれた前足ではらい落としてむさぼるように口に入れる。アッカルにさしだすと、相手は翼を口に当てて拒んだ。

「もっと高くのぼらなければ。はるかに高く」アッカルがもとめる。「のぼり道を見つけるんだ」

「のぼり道とは、どんなふうに見える?」ローダンはたずねた。

アッカルは答えない。ローダンははてしなく長いあいだ平原を歩きつづけたが、地面をはなれられる可能性はひとつもなかった。

はるか上空に連山を思わせる雲の塊りがそびえ、急速に拡散しながらすみやかに移動していく。

「あそこにのぼらなければ」アッカルが思いこがれたようにいい、強い切望から、助言すらあたえた。「飛翔してみるといい。そうすれば上昇気流に出会うかもしれない」

「なぜ自分で飛ばない?」ローダンが訊く。

「ここ地上の空気は、わたしには重すぎる。ボセムは深い淵で生活するようにできていないんだ」

頭上の空がふいに赤く染まった。陰気な霧のヴェールは、赤く燃えながら渦巻く平面に変わり、急速にひろがっていく。

アッカルは無我夢中で跳びはね、有頂天《うちょうてん》になって翼を振りまわしながら大声をあげた。

「あれだ! 〝血の目〟に救ってもらえるかも。もうすこしおりてきてくれれば!」

しかし、赤いしみはさらに進んで遠ざかり、目がくらむほどの高さに上昇していく。

やがて巨大な連山の先端の向こうに見えなくなった。

「〝血の目〟とは、いったいなんだ?」ローダンが訊く。

「あのような赤い目のなかに入ると、遠距離を移動できるんだ」アッカルが説明する。

「迷宮世界の反対側まで行きつける場合もある。だが、〝血の目〟には危険がともなう。ときどき凸形や凹形になることがあって、その焦点にはまると縮小されて微小生物になったり、巨大化されたりする」ここでしばらく間をおく。「〝血の目〟は理想的な移動手段とはとてもいえまい。それより……」

思わず言葉を切る。ふいに嵐が巻き起こり、濃い埃につつまれたから。

「どうやらここはサイクロンの末端部らしい」アッカルが咳《せ》きこみながらいった。「チャンスとなるかもしれない、ペリー」

嵐はますますはげしくなり、立ち向かって進むのは骨が折れた。ローダンは鼻と口を閉じ、フィルターを通さなければ呼吸できない。

「サイクロンのいいところは？」息を切らしながらたずねる。

アッカルは翼をローダンの顔の前にかばうように伸ばし、短いくちばしを相手の耳によせて嵐の轟音《ごうおん》に負けじと叫ぶ。

「サイクロンはリフトと同じようなものだ。その中心に立てば、行きたい高さに到達できる。ただし、立ち向かっちゃいけない。嵐に身をまかせるんだ」

「わたしはまだそこまで厭世《えんせい》的になってはいない……」

「リラックスするんだ、ペリー。サイクロンに身をゆだねないと、思想集団の土地に行けないぞ」

その言葉には効果があった。ローダンはからだから力を抜き、引き裂かれそうな嵐の力に身をゆだねた。アッカルはその頸にとまったまま、鉤爪を使って行きたい方向へ導いていく。

ふいにローダンの足が地面からはなれ、空高く上昇していく。アッカルの勝利の叫びが嵐の轟音にかき消された。

黒いちぎれ雲が周囲を飛びかい、渦となってかれらを巻きこんだ。らせん状に空高く巻きあげていく。ローダンの周囲ではすべてが回転している。通り道にあるものすべてを道連れにする巨大な竜巻に思われた。

頭上でクリスタル連山が破裂して無数の水滴が飛び散り、単調なグレイの景色のなかにきらきら光る明るい縞《しま》模様が形成された。

そのとき、影がひとつ、急速にわきを通過していくのがローダンの目にとまった。サイクロンをリフトとして使う〝乗客〟かと思ったが、肩の荷がなくなっていることにふいに気がついた。するとわきを通過する影が翼をひろげた。

「アッカル！」ローダンは毛皮のある腕を使って死にものぐるいで宙をかき、渦巻きながら遠ざかっていくボセムに接近を試みる。

そばを通過する霧のヴェールの向こうから、アッカルが翼を動かして合図を送ってよこすのが見えたかと思うと、サイクロンのグレイの壁のなかに消えた。

ローダンは速く前進しようとしてアルリア体をひどくねじ曲げてしまい、背骨がぽきっと音をたてた。激痛がはさみの先端まで、からだ全体にはしる。

それでも、サイクロンの渦巻く霧の壁をどうにか突破した。外に投げ飛ばされて落下していく。目の前にあるのは暗黒だけ。雲の断片の荒れ狂う虚無。つかまるものがなく、さらに落下していく。

いきなり衝突した。自然力がしずまる。サイクロンのうなりが弱まり、遠ざかって消えた。

ローダンは身を起こして周囲を見わたす。霧がしだいに薄れていく。山岳地帯にいるらしい。

「アッカル！」

呼びかけて、耳をすます。抑圧された悲嘆の声が返ってきたように思ったが、すぐに邪悪なうなり声が聞こえてきた。死への恐怖を思わせる甲高《かんだか》い悲鳴につづいて、熾烈《しれつ》な戦いの物音がはじまった。

「そちらへ行くぞ、アッカル！」ローダンは呼びかけ、恐ろしい物音のする方向へ進みはじめた。なんらかの怪物が連れを襲っているのか。それとも、ほかの生物を嚙み裂くこともいとわない肉食らいかもしれない。

切りたった岩を全速力でのぼっていくと、またしても怒りに満ちたうなり声が聞こえてくる。つづいて瀕死の泣き声。発生源は近そうだ。すぐ真上らしい。

大きく勢いをつけて岩棚を跳びこし、たいらな場所におりると、戦う二生物が見えた。ボセムと……植物のように華奢な生物だ。もつれたリング状の腕を動かし、のぼせあがったボセムの攻撃から必死で身を守ろうとしている。

「アッカル！」ローダンは驚愕して呼びかけた。

ボセムはうなり声をあげた。翼を打ちおろして追いはらうしぐさをしながら、「失せろ！」と、叫ぶ。「獲物をとられてたまるか。わたしは食物がいるんだ……」

ローダンはアッカルに跳びかかると、翼の付け根を手でつかんでひとつにまとめた。もう一方の手をこぶしに握ってくちばしに突っこんだので、相手は口を閉じることができない。

傷ついた植物のような生物は、ボセムの鉤爪から身をほどくと、リング状の腕で移動して、岩の隙間に見えなくなった。

アッカルは憤《いきどお》って声を張りあげたが、ローダンが手をはなすと力なくくずおれた。

「なぜ獲物を逃がした？」と、責める。「もうおだぶつだ。餓死しそうだ」

「では、きみは肉食らいなんだな」ローダンは落胆した。「もっと程度の高い生物と考えていたんだぞ、アッカル。宣教師の教えにしたがって生きる者だと」

「おろか者め。迷宮の掟もろくに知らないくせに」アッカルがののしる。「ここは食うか食われるかの世界だ。だからわたしは肉食らいではなく、食物連鎖の構成要素にすぎない。強者が弱者を食うのはじつに自然なこと」

「では、宣教師の教えを理解していないんだな」ローダンは悲しげにいった。「ほかの生物を襲うことをかれが禁じたのはなぜか、そもそもわかっているのか?」

「そんなの、どうでもいい」アッカルは弱々しく応じる。「生きのびたいんだ」

「わたしと同じ食物をとればいい」ローダンは忍耐強くいった。「迷宮世界がつくりだすものは、すべて食用になる。変異もそこから生じる。宣教師のいう迷宮世界の果実とは、そのことだ。それに対して、超現実に住む生物たちはきみの世界、つまり現実世界の者たちであり、きみにとっては兄弟なのだ、アッカル。恐ろしい外貌の怪物をふくめ、すべての生物はきみと同じ知性体ということ。標準宇宙でも、空腹を満たすために同胞に襲いかかることはあるまい。きみは肉食らいではないんだから!」

「ばかなことを!」アッカルは憤慨して叫ぶ。「わたしをまるめこむ気か? あのよこしまなスレイヤに、どうぞ食べてくださいと自分を提供するべきだったと? あっちだって辞退しなかっただろうよ。あんならくな獲物にはそうそう出会えなかったというのに」

「肉食をやめないのなら、われわれの道はここで分かれる」と、ローダン。

「塵食らいにはなれない」アッカルが不平をいう。

「ならば、自分だけでなんとかすることだ」

「最終決定か？」

「そうだ！」

ボセムはからだをちいさくまるめた。

「この場で脱水状態になりたいもんだが」アッカルはいい、嘆息する。「しかたがない。がまんしとおすことにするか。そうそう、思想集団の領域はもう遠くない」

＊

ローダンはボセムから目をはなさないことにした。道徳についての説教が役にたつとも、アッカルが倫理的理由から肉食をやめるとも思えなかったからだ。かれはオルフェウス迷宮にきて非常に長く、その前のことをおぼえていないらしい。おのれの由来を忘れてしまい、どの種族に属していたのか、見当もつかないという。会話能力をいまも維持しているのが不思議なほどだ。

これからでもまだアッカルを改心させられるのではないか、と、ローダンは考える。だが、長期的プロセスになるだろう。いまのところ、アッカルは衰弱のために獲物探しができないし、そのことを自覚してローダンに同行するくらいの理性は持ち合わせている。つまり、だれかの庇護がなければ生きのびられないからという合理的理由でそばにいるのだ。ローダンの希望はそこにある。思考力が衝動にまさっているかぎり、アッカルはだいじょうぶだろう。

だが、アッカルはそうかんたんに考えを変えようとしなかった。ハンガーストライキをして肉以外の食物を拒否するので、ますます衰弱していく。ローダンはふたたび運んでやらなくてはならなかった。

「わたしは干からびていく」アッカルが嘆く。「あんたのおや指大まで縮んだクリスタルになるだろう」

事実、かれはしだいに縮んでいた。翼は羊皮紙のようにぺらぺらで、胴体はミイラにも見える……もはや、くちばしと鉤爪だけからなるかのようだ。

一度などは、最後の力を振りしぼってローダンの頸に鉤爪をたて、血迷ったようにくちばしで突いてきた。ローダンはなんの苦もなくはらい落とし、地面におさえつけた。

「もうおしまいだ」アッカルが嘆く。「どこかに埋めてくれ。やすらかに永眠できるように」

ローダンは、湿地帯の風景がよく見わたせる岩のくぼみで休憩をとることにした。アッカルをひらたい石の上に寝かせ、からだに泥をかぶせて介抱する。

「なぜわたしを苦しめる？」アッカルが文句をいう。「眠らせてくれ」

「思想集団のところに連れていってもらうぞ」ローダンがもとめる。

「かれらのほうがあんたを見つけるさ。賭けてもいい」アッカルは力なく応じる。「たぶんもうとっくに見つけて、避けてるんじゃないか。あんたには呪いがかかっていて、迷宮の住民という住民は遠くからでも嗅《か》ぎつける。その放射は疫病のようににおうんだから」

ローダンは、いわれたことを考慮し、そのとおりだと結論した。迷宮の住民たちは、かれの放射から狩人と認識して恐怖をおぼえる。

「もうやめた」と、アッカル。「眠らせてくれ、ペリー。わたしにとって唯一の生存のチャンスなんだ。たのむ。それだけの慈悲をかけてくれてもいいだろう」

「わたしを思想集団に引き合わせてからだ」ローダンが応じる。「わたしは避けられているから、きみが交渉者としてかれらに接触しろ。そうするまで、自由にはさせない」

結局アッカルは条件を受け入れた。

そこで、ローダンはせっせと泥パックを調達してやり、やがてアッカルは自力で進む力をとりもどした。

かれは別れぎわにいった。

「わたしがもどってきたら、約束をはたし、わたしが深い眠りにつくまで見守ってくれ。たのみはそれだけだ」

「名誉にかけて」ローダンは約束する。

ローダンが見守るなか、ボセムは遠ざかり、やがて湿地帯のなかに消えた。一度、遠方から戦いの物音が聞こえてきたので、すぐにそちらに向かった。しかし、着いたときにはもとどおりしずかになっていたので、かくれ場にもどった。

思想集団と呼ばれる者たちに伝えるようアッカルに託したメッセージの内容は、自分も同じ教義を持つので、組織の仲間に入れてほしい、というもの。

アッカルは嘲笑し、思想集団といえどもそんな策略に引っかかるほど単純ではない、といいはったが、それでもメッセージを伝えると約束した。

アッカルがもどらないまま、時間が経過していく。計測する手段がないため、どれだけ経過したのかはわからない。知らないうちに数日が過ぎたかもしれない。標準宇宙ではすでに数週間が経過したかも……

これに関して、かつてオルフェウス迷宮で二千年をすごしたヴェト・レブリアンのコメントが思いだされた。追放期間が実際にどれだけの長さだったのか、おしはかることすらできないという。オルフェウス迷宮では、いっさいの時間概念が失われる。また、記憶が消えていくので、経過した時間を出来ごとのプロセスによって推量することもできない。

ローダンは何度か沼地に行き、泥浴びをしてアルリア体を再生させた……だが、沼地まで何度行ったか、あとから思いだすことができない。泥浴びしたのは三回だったか、それとも六回か。それ以上ではあるまい……いや、それとも？

なんてことだ！　数日……あるいは数週間……ここにいただけで、考えるのがこれほど困難になるのであれば、十五年をすごしたロワやロンはどうだ？　人間であることを、まだおぼえているのだろうか？

「わたしがここにやってきたのは、かれらを連れだすためだ」

忘れないために、何度も声に出してくりかえす。アラスカ・シェーデレーア、スリマヴォ、ヴェト・レブリアンも、迷宮内で追放者二名を探しているはず……どうすれば、かれらを見つけられる？　かれらには、わたしを見つける可能性はあるのか？　わたしの居場所と正体を突きとめる方法はあるのか？

待っているあいだに、このような計画はすべてむだなのではないか、と思われる瞬間が何度かあった。永遠に理解不能な超現実のなかをさまよいつづけるしかないのだ、と、あきらめの気持ちで考える。ほかのすべての迷宮住民から避けられて永久にひとりぼっちで、やがていずれかの狩人に行き会い、一撃で殺されるまで。

それからまた、迷宮ダイヴァーのことが記憶によみがえった。かれの命綱だ。これを外に向かって投げだせば、プシオン・ネットにもどり、ネットウォーカーの基地を訪れることができる。ヴァーランド・ステーションでイルミナ・コチストワがかれを待っている。イルミナには数時間が経過したにすぎないのだろう。再生のために泥浴びした回数は、標準宇宙で経過した時間についての示唆《しさ》にはならない。

標準宇宙にもどるのはいつでも可能だ。まずは、ロワとロンを見つけなくては……息子ロワ・ダントンと、その旧友ロナルド・テケナーを。

「ペリー……!」

ふいになにかが空中を飛んできて、ぎょっとした。空を舞う干からびたヤシの枝葉を思わせたが、ボセムが足もとに舞いおりた。

「アッカル!」ローダンはよろこんで呼びかけた。「メッセージを伝えたか?」

「ああ」ボセムは弱々しくささやく。「いまや約束を守ってくれ。わたしを土に埋めて、眠りを見守ってほしい。あんたのことはけっして忘れない……いつかあんたにのみこまれても、命は助けてやる……」

「かれらの答えは?」ローダンはたずねた。

「あんたを共同社会に受け入れて……」

「それで?」

「……宣教師に紹介すると……」

「いつだ?」

ボセムのからだは、各段階を目で追えるほど急速に縮んでいく。もうすこし詳細を聞きだすためにもう一度泥浴びをさせようかとローダンが考えていると、アッカルは自分から語りだした。

「宣教師は……そこにいたんだ」ついいましがたまでボセムだった、縮みつつあるなにかがとぎれがちに言葉を発する。「すまない、ペリー……かれはわたしを……おとりとして……」

アッカルの命のしるしはそれでとぎれた。

かれのいわんとしたことが、すぐには理解できなかった。その言葉が徐々に意識にのぼってくる。だれかがボセムをおとりとしてここに送ったということは、自分に対する狩りがおこなわれるのか。

早くもそれらしき物音が聞こえてくる。湿地帯を凝視すると、泥のなかから泡がのぼってはじけた。ときどき頭が出ては、すぐに泥に沈む。

最初の狩人たちが湿地帯に到達したのだ。沼から出て、泥だらけのからだで斜面をのぼってくる。岩を掩体《えんたい》として利用しているが、ローダンは見逃さなかった。まだ見たことのない異種の生物が十数名。キツネザルに似たグロテスクな生物で、身をくねらせるようにして這いながら移動する。からだにくっついた泥がかたまって樹皮のような表面を形成し、泥をはらい落としたあともやはり異様な姿だ。

「わたしは友だ！」ローダンが呼びかける。「きみたちと話したい」

一名が身を起こし、なにかを投げてきた。それは腕一本ぶん手前で破裂し、異臭のある赤い煙がたちのぼった。ローダンは後退し、大きなからだがやっと通れるくらいの岩の隙間に身を押しこんだ。待っているあいだに背後の洞窟は探検してある。洞窟は山の内部の深いところまで通じ、すこし奥でいくつもの通廊に分かれていた。

攻撃者に向かって再度呼びかけようとしたところで、第二の悪臭弾が爆発した。刺激性のあるもうもうたる赤い煙がたちこめてきたので、やむなく洞窟に入った。

「罠にかかったぞ！」一追跡者の声が聞こえてきた。「つかまえろ！」

ローダンは、円柱のような脚が許すかぎり速く、洞窟の奥に向かって走る。洞窟はしだいに幅ひろくなり、従来の意味の光源はどこにもないのに、周囲のようすがよく見えた。

やっとのことで、枝分かれした通廊の多数ある場所までできた。運がよければ追跡者をまくことができるだろう。やや幅のある通廊を選ぶ。動きがとりやすいので、速く前進できるように。

だが、いくらも進まないうちに、追跡者の物音が背後から聞こえてきた。なるほど、こちらの放射によって位置を確認しているのだろう。つまり、どちらに進もうと、においを跡をキャッチして追ってくるということだ。

放射は自身でも感じられるほど強い。心拍のリズムで表出される一連のインパルスが、しだいに音量を増していく。いまや非常にうるさくなり、リズムも変化していた。

足をとめて耳をかたむける。

追跡者たちの物音は、もう聞こえてこない。背後のどこかにいて、なにかが起こるのを待ちかまえているのだろう。

かれは前に向きなおった。前方にもなにかがいるらしい。なにか異質なものがひそかに移動し、ゆっくりと近づいてくるのを、全神経繊維が感じとる。異生物の圧倒的な放射が伝わってきた。

「だれだ？」ローダンがたずねた。「姿を見せろ。何者か知りたい」

かれが数歩前進すると、未知の生物も近づいてくる。不気味なのに、どことなくなじみのある放射が強まる。

ローダンはインパルスを分析してみた。これほど異質なのに、親しみを感じるのはなぜなのか、探りだそうと試みる。すると、たがいに矛盾する感情の混じり合いが感じられた。恐怖と、強力な敵に対するかすかな憎悪。だが、そこには同情も感じられる。視覚や聴覚が働かないために、相手がだれかも知らずに狩りたてる者たちへの同情……獲物にあたえようとしている運命を自身がこうむることになるという、真の状況を知らない狩人たちへの同情。

受けとるインパルスのなかに、おのれの思考や感情のゆがんだうつし絵が見える。目の前にいる不可視の異生物にこれほど親しみを感じるのは、そのせいなのだろう。

するると、真実が認識できたように思った。受けとる放射は、実際にかれの自我の反映なのだ。このプシオン性の鏡から、細胞活性装置の調整された放射までも送られてくる……いまや、それがはっきりと認識できた。これはかれ自身の不安であり、立ち向かってくる未知の狩人に対するかれ自身の憎悪なのだ。

安堵の息をつこうとしたとき、怪物が跳びかかってきた。虚無のなかからいきなり敏《びん》捷《しょう》に出現したので、相手のこまかい部分はいっさい見わけられない。だが、巨大な姿はどことなく、アッカルが描写したセプラローンを思わせた……そして、アッカルの報告によると、統一性や兄弟愛を説く宣教師もセプラローンではなかったか？

攻撃者が跳びかかってきたとき、ローダンは強く地面に打ちつけられた。セプラローンの背に風変わりな金属構造物がついているのが目にとまった……そこから、弱いが見てとれるほどの青みがかった光が出ている。それは、ローダンの放射と同じリズムで脈動していた。

まちがいなく、細胞活性装置のインパルスだ！

なにか、痛みを感じるものが顔に押しつけられた。それが目をおおい、口をふさぐ。

その瞬間、救出作戦に出発する前に惑星サバルで見た悪夢を思いだした。オルフェウス迷宮における似たような体験を夢でみたのだ。この相手のように、非情でありながら共感力にあふれ、異質でありながら親しみを感じる脅威と直面する夢だった。

悪夢が現実になった。

かれは持てる力のすべてをこめて、セプラローンの殺人的な把握力を解き、

「わたしはきみと同じく細胞活性装置保持者だ！」と、大声で呼びかけた。

セプラローンは愚弄《ぐろう》するような音をつづけさまに出してから、

「狩人のトリックは知りつくしている！」と、応じた。「この瞬間を長いこと待っていたのだ、敵よ！」

ローダンのからだへの圧力がふたたび強まり、感覚を失いそうになる。

「ロワ……ロン……」最後の力で言葉を絞りだす。「わたしだ……ペリーだ……」

殺人的な把握力がゆるみ、セプラローンは動物的な叫び声とともに跳びすさった。それから骨張った腕を背中にまわし、頭を岩壁に何度も打ちつける。鈍い打音が響く。やがて、力つきて地面にくずおれるまで。

「なんてことをしたんだ？」自分を責める調子でいう。「こんなどん底まで落ちぶれるとは……わたしはどうなってしまったんだ？」

ローダンは身を起こし、

「自分のした行為のためにおのれを責める必要はない」と、語りかけた。「状況のせいだ。オルフェウス迷宮の……」

「違う！」セプラローンが声を張りあげる。「わたしは、ほかの者たちに人間性のたいせつさを説いてきた。そのわたしが、人間性への信仰を失ったのだ。実の父すら殺せるほどの疑心と憎悪に満たされて」

「なにも問題はない、ロワ」

「あなたがそう思うだけです！」

4

「そう悲観することはない、シェーディ」大きな鉄の手を持ち、畏怖の念を起こさせるオグハウアー姿のライニシュがなぐさめの言葉をかける。「オルフェウス迷宮からもどれば、きみはまたふつうになるんだから」

アラスカ・シェーデレーアはこの事故を非常に深刻に受けとめている。長い人生のなかですでに一度、転送障害者となった。そしていま、似たような災害がまたしても降りかかったのだ。

かれのからだは変形していた。このようにゆがみねじ曲がった姿の生物は、迷宮内にはほかに存在しない。すくなくともライニシュはそういった。かれはすでに何度も狩りをおこなったのだから、事情をよく知っているはず。アラスカのような姿の迷宮生物には、まだ名前すらない。

ライニシュはオグハウアー、シジョル・カラエスはムター、アグルエル・エジスキーはクラブスの姿だが、どれも魅力のある外貌とはいえまい。それでも、既知の迷宮生物ではある。アラスカのような姿は、これまで存在しなかったもの。

木の切り株にとてもよく似て、樹皮のようにごわごわだ。胴体から根のように伸びた四本の腕は、かぎられた動きしかできない。やはり切断された根のような細長い脚は三本しかなく、それぞれ長さが違っている。

「ひとえに、きみの持つ護符のせいだ」ライニシュが主張する。「未検定の五次元発信装置を迷宮に持ちこむのは、けっしてためにならない」

「それはなんとかする」アラスカがいいかえす。いまのほんとうの心境を、ライニシュに気《け》どられたくはない。「だが、狩りはどうなる？　わたしはきみたちの障害になる」

「そんなことはない」ライニシュが応じる。「戦術を変更するまでだ。どうしたらいいかも、もうわかっている。われわれは分散するが、各個がほかの仲間のイシャラのインパルスを受信できる距離にとどまる。われわれのだれか一名がそれぞれの角をなす正方形を想像するといい。その対角線がイシャラのとどく範囲を出てはいけない」

「わたしがおとりになってもいい」アラスカが提案する。

ライニシュはオグハウアーの歯をむきだした。

「その言葉を真に受けるぞ、シェーディ。きみ自身が提案してくれてよかった。正しい心がけだ」

「わたしはグループ内のもっとも弱い構成要素だから」アラスカが短くコメントする。

「きみの装備は最良のものだ」ライニシュが応じる。「マルチプシ・パックでどんな敵も撃退できるはず。さまざまな機能をよく理解することだ。それと、われわれの探知からはなれないよう、つねに気をくばってくれ」

「きみたちのそばからはなれない」アラスカが請け合う。

甲羅のあるオグハウアーに変異したライニシュは、毛におおわれたムターのカラエス、カニに似たクラブスのエジスキーとともに遠ざかっていく。

そこは霧につつまれた土地で、たえまなく稲妻がはしる。こうしたエネルギー放出が自分たちに危険をおよぼすことはない、と、ライニシュは説明した。この発光現象があるたびに、巨大な土壌が形成されたことになるという。そこは迷宮住民たちの好む避難所でもある。

ひとりのこされたアラスカは、マルチプシ・パックを胴体中央に固定した。もともとは不定形の金属塊で、標準宇宙ではいつも頭の上方を浮遊していたが、超現実ではあらたな構造物となった。計器盤と多関節アーム四本のついた立ち売り箱の体裁だ。その一本にイシャラが、べつの一本にプシ探知機がとりつけられている。これにより超現実における変化を探知して、その結果から未来の出来事を推量することができる……充分な訓練があればだが。のこりのアーム二本は武器システムで、ひとつは殺害用、もうひとつは麻痺効果を持つ。

アラスカは、三本の脚を不器用に動かしてオグハウアー、ムター、クラブスのあとを追いながら、イシャラのインパルスに気をくばった。インパルスが弱まると歩調を速めたが、ほかの三名に遅れずに進むのは無理であることにまもなく気づいた。いくらもしないうちに、三名はかれのイシャラの受信範囲から失われた。

かなりのあいだ、たったひとりでとりのこされた。いつしか一インパルスがふたたび強まり、やがて霧のなかにオグハウアーの姿が見えてきた。

ライニシュであることが、パーミットの外見からわかる。

「ほかの方法をとらなければ、シェーディ。きみが遅すぎて、われわれは進めない」

「わたしは自力で狩ることもできる」アラスカが応じる。「きみたちの足を引っ張りたくはない」

「きみは問題点を忘れている」ライニシュは激怒する。「われわれが狩るのは特別な獲物なんだぞ。きみはおとりに最適だ。きみの負うハンディキャップは、深い意味を持つにちがいない」

アラスカは、怪物のゆがんだ恐ろしい顔に嘲笑が見えた気がした……自分がこのような目にあわされたのは、ライニシュのたくらみではないだろうか。

「きみのせいでわたしはこうなったのか、ライニシュ？」と、率直にたずねる。

「わたしのせいだと？　わたしは門マスターではない」相手は憤慨した。「原因はただひとつ、きみの持つ護符だ。だが、そこから最善をつくそう。きみには非常に明白なプシオン性シュプールがあるから、おとりとして最適だ。きみにふさわしいかくれ場を見つけてやろう。迷宮にはほとんど変化しない場所がいくつかある。それらのひとつをきみの持ち場にするのだ。シジョルとアグルエルが勢子となり、獲物をきみのほうに追いたてる。動かない目標に到達する最良の方法といえる」

「うまくいくとは思えない」ごつごつしたアラスカが応じる。

「それでもかまわない。そんなことだと思っていたから、シェーディ」ライニシュは満足そうにいった。「いまや、きみが慎重に行動し、周囲の出来ごとに細心の注意をはらうだろうと確信した。きみはおとりだ、シェーディ。狩りの成果はきみにかかっている。チームでもっとも重要な男だ」

「問題は、それをどう解釈するかだな」アラスカが考えを口にする。「おとりとしてきみにとってかけがえのないということか、それとも、カリュドンの狩りのあともわたしとの協働に価値をおくのか？　迷宮内の狩りで事故が起こることもあるといったな。もとの世界に帰ることのない狩人になるのはごめんだ」

「約束しよう……」

「いや、わたしに必要なのは保証だ」アラスカは相手の言葉をさえぎった。「きみの条件をのむが、こちらにも条件がある」

「というと？」

「ハトゥアタノの拠点惑星タロズの座標だ」アラスカが説明する。「きみがわたしを忘れ、ほかの二名と狩りを成功裡《り》に終わらせた場合にそなえて。もしそうなったら、どこできみに会えるか知っておきたい、ライニシュ」

「それだけでいいのなら！」オグハウアーは安堵し、惑星タロズの存在するシオム・ソム銀河内の星系の座標を伝えた。「だが、これからかくれ場に行くからついてこい。狩りの期間はまもなく終わるというのに、獲物の手がかりすらつかめていないのだ」

＊

目の前の奇妙な構造物に、アラスカは目を疑った。卵によく似たかたちだが、不規則な外殻におおわれている。高さ十メートル、中間部分の厚みは五メートルだ。

「これはわたしの狩猟用ロッジだ」ライニシュはいかにも誇らしげに説明する。「最初の狩りの最中に材料を集めて組みたてた。狩人の渇望するものは、すべてそろっている……このなかにいれば、だれもきみに手出しできない。信頼の保証として充分ではないか、シェーディ？」

「わたしは……深い感銘を受けた」アラスカがいった。

「内部の条件は現実とそれほど変わらない」と、ライニシュ。「長々と説明する必要はあるまい。シントロニクスでかんたんにマニュアルにアクセスできるから」

「どうやってなかに入れる？」アラスカがたずねる。

「イシャラで。インパルス発信機はわれわれのあいだで調整してあるから、きみはわたしと同様に自由に出入りできる」ライニシュがイシャラを組みこんだパーミットを盛りあがった外殻表面に押しあてると、すぐに人が通れるくらいのハッチが開いた。もう一度押しあてると、ハッチは閉じた。かれはアラスカに向かい、「きみのイシャラでやってみるんだ」と、もとめた。

アラスカはいわれたとおり、イシャラのある多関節アームをしるしのある個所に押しあてた。ハッチが開く。

「では、きみを置いていく」ライニシュが別れを告げた。「きみの持つ装備をためしておくことだ。いざというとき武器が使えるように。また連絡する」

オグハウアーが下に向かって跳躍し、霧のなかに消えるのを見守ってから、アラスカはハッチをくぐって狩猟用ロッジに入った。内部空間は、外から見て察したよりずっとひろい。

まず気づいたのは、ロッジ内が無重力状態であることだ。ハッチのすぐうしろが操作コンソールで、室内の高さの三分の一を占める。その上はヒューマノイドの要求に合わせた休息室、下にはさまざまな装備品をたくわえた倉庫がある。

あとで不愉快な驚きに見舞われないよう、ハッチを内側から開けられるかチェックする。タッチセンサーに触れるだけで……イシャラを使わずに開くことができた。

心底ほっとしてシントロニクスに向かう。コンソールの操作エレメントにはピクトグラム表示がある。

スイッチを入れると、奥行き効果のある正方形のプレートが発光した。同時に音声が流れ、望みのプログラムにアクセスするようもとめてきた。

「使い方がまだわからないから、マニュアルがほしい」と、たのむ。

「音響と視覚のどちらで？」シントロニクスがたずねる。

「シンボル文字で」

その後は驚きの連続だった。ライニシュの狩猟用ロッジにはありとあらゆる防御用武器と攻撃用武器がそろっているばかりか、迷宮世界内のプシオン流を全周波で測定し、現実の傾斜領域への影響を調査できるようになっている。

いいかえるなら、超現実世界における変化をつねに把握し、今後の変化もかなりの精度で予測できるということ。

この方法とともにイシャラの出すインパルスを用いれば、かなりの遠距離であっても多数の狩人のポジションを突きとめられる。

ためしにライニシュと同行者二名の活動を調べることにする。かれらはとっくにアラスカのイシャラの受信範囲外にいるが、プシ・パイラーをオンにしてかれらのイシャラの波長に合わせると、すぐにコンタクトが得られた。

かれらとの距離は、メートル法で調べることもほかの計測単位でしめすこともできない。それでも、イシャラの受信範囲の二倍の距離にある入り組んだ道を上方に移動中であることがわかった。ロッジのコンソールによると、アラスカの背後の方向らしい。ロッジじたいは移動せず、一カ所に固定されているので、方向をつかむのは問題なかった。ライニシュ、シジョル、アグルエルをしめす三つのシンボルを目で追う。ライニシュを先頭とし、三角形の角度を一定にたもちながら、しだいにロッジからはなれていく。

同じあたりを遠隔探知した結果、付近にほかの狩人は存在しないようだ。また、迷宮住民に由来するインパルスも入ってこない。ライニシュと同行者は見捨てられた区域で狩りをしているのだろう。

だが、どこかおかしいところがある。経験豊富な狩人であるライニシュが獲物のプシオン性シュプールを受信できないとは考えられないからだ。狩りの獲物を確実にしとめるために意図的に過疎区域を移動しているのだろう、と、アラスカは自分にいいきかせた。結局のところ自分はおとりであり、狩猟用ロッジは迷宮住民にとって顕著なポイントなのだから。

ロワやロンの状況にわが身をおいてみる。ライニシュがすでに何度かかれらを狩ったことは、本人から聞いた。今回の狩りの期間にもこのうえなく悪質な敵に追われることは、ロワたちも承知しているはず。つまり、それなりの準備はしてあるだろう……ライニシュの狩猟用ロッジが危険の出どころであると踏んで、監視していると考えていいのでは？

ロワ、ロンとライニシュのあいだには、プシオン性相互関係のようなつながりがあるはず。迷宮世界という特殊な状況においては、特別な方法でたがいにシュプールを嗅ぎとることも考えられる。そこで、ライニシュは自分に向けられる注意をそらし、獲物を確実にしとめるために、おとりであるアラスカを狩猟用ロッジに連れてきたのだ。高度な安全保障と武器を装備したロッジに、ライニシュ以外のだれかがいるとロワやロンが考える理由はないだろうから。

ライニシュと同行者二名がますます遠ざかっていくのが、プシ・パイラーに明示されている。

アラスカはマルチプシ・パックをとりはずしたが、イシャラは身につけたままだ。ふいに、ごつごつした皮膚にちくちくする感覚が強まった。だれかがコンタクトしてきたのだ。

インパルス列はなじみのあるもので、送信者はすぐ近くにいるらしい。実際には送信者は三名で、いまやはっきり特定して分類することができる。ライニシュと同行者二名が進んだ方向から、狩猟用ロッジに向かってくる。

シントロニクスの助けを借りなくても、受信インパルスの正確なデータがつかめた。明らかにイシャラに由来し、インパルス列もスリマヴォ、ヴェト・レブリアン、プテルスのジョニーと調整したものであることは明白だ。

すぐにぴんときた。かれらもアラスカの特徴的なインパルスを受信して、こちらに向かっているのだろう。

アラスカは長く考えるまでもなく、シントロニクスに命じてプシ・パイラーをとめ、シントロニクスじたいもオフにしてロッジを出た。

迷宮風景は変化し、卵形の奇妙な構造物の周囲一帯にクリスタル構造物が形成されている。巨大な塊りが層状に積もり、まさに山脈の形状だ。こうした堆積物がまったくないのは狩猟用ロッジだけで、超現実の影響をすべてはねつける防御バリアがあるかの印象がある。

アラスカはイシャラのインパルスに注意をはらいながら、切断された根のような脚をできるだけ速く動かして、発信者の接近してくる方向に進む。

眼前の巨大なクリスタル山がはじけて無数の破片となり、あたり一帯がきらきらする雲でおおわれていた。クリスタル片が音をたてながらあちこちに飛びかう。アラスカのごつごつしたからだに降りかかって溶け、気化して黒っぽい霧となった。

　ふいに一種独特な放射が入ってきた。イシャラに心を集中させる。だが、それはイシャラが受信したものではないらしい。かれのイシャラはいまもなおスリ、ヴェト、ジョニーのイシャラのインパルスを受けているのだ。異質であると同時になじみのある放射は、ほかのどこかからくるらしい。だが、奇妙なオーラはあらゆる方向から自分をつつみこんでくるため、発信源が突きとめられない。

「アラスカ！」カモに似た胴体の空想的な生物が霧のなかからあらわれた。弓状の長い頸の上にちっぽけな頭がのり、ダチョウに似た脚二本を持つ。「わたし、スリマヴォよ」

　霧のなかで電光がはしった……だが、エネルギー放出ではなく、非常に繊細な組織で織られたなにかだ。それは稲妻姿の生物で、電光に似た突出物が上部に六本、下部にも多数あり、これを使ってバランスをとったり移動したりするらしい。

「かれはヴェトよ」スリがいった。

「しばらく前にきみたちを見つけた」と、アラスカ。「ジョニーはどこだ？」

「われわれをサポートしている」ヴェトが金属的な声でとつとつと語る。発声源はプシオン性の色素からなる黒い球状構造物らしい。「われわれ、ずいぶん前からきみを探しつづけていた。どうしたんだ？」

　アラスカは、ライニシュからはなれられなかったことを説明し、オグハウアーの姿となった侏儒のガヴロン人が自分をおとりとして狩猟用ロッジにのこしていったことを報告した。

だが、気持ちを集中させることができない。どこかから拡散し、しだいに強まっていく奇妙なオーラがかれの心を乱すのだ。

「ジョニーはぶじなのか？」と、たずねる。「かれになにかあったような気がしてならない」

「なぜ？」スリマヴォが人間のそれによく似たちいさな顔でアラスカを見つめた。「なぜ、よりによってジョニーになにかあったと思うの？　この放射について、ほかに説明することはない？　放射は、あなた自身からも出ているんだけど」

「知っていたのか？」アラスカは、ふいにすべてを理解したように感じた。変異して迷宮にきた直後のライニシュとのやりとり。かれは細胞活性装置を〝護符〟と呼び、ここから発せられる危険な放射のことで文句をつけてきた。いまや、クリスタル雲のなかにいるだれかから、同じ振動が送られてくる。かれは大声でいった。「ペリーに会ったんだな！　細胞活性装置保持者がそばにいるのを感じるぞ。かれはどこだ？」

霧のなかから、骨張った長身の姿があらわれた。頭はトカゲに似て、鼻口部は短い。唇の上部に裂肉歯四本が突きだし、グリーンの半球形の目が隆起した骨の横に盛りあがっている。細身のからだはでこぼこしたグレイの骨プレートにおおわれ、下半身はほんのすこしうしろに伸びている。脚は短く、骨張った太い大腿部は跳躍するように曲がり、腕は歩行のさい、からだの周囲でぶらぶらと揺れた。

「このセプラローンのおかげであなたのシュプールがわかったの」スリが心地よい声で説明する。「細胞活性装置保持者は、イシャラ保持者よりずっと遠距離でもたがいに感知できるから」

「だが、狩人に見つかりやすいから、危険度も高い」セプラローンがいいそえる。トカゲに似た生物の肢と背中に風変わりな金属の支えがついていることに、アラスカはようやく気がついた。

「あなたはペリーですか？」自信なくたずねる。

するとセプラローンは、

「かつての、はるか昔の人生ではロナルド・テケナーという名だった」と、答えた。

「ロン！」アラスカはよろこびの声を発した。だが、再会のよろこびは、すぐに友への気づかいにとってかわった。ライニシュにあたえられた役割を思いだしたから。「すぐにここを去ったほうがいい、ロン。これは罠だ！　ライニシュは、きみとロワをおびきよせるためのおとりとしてわたしを利用している……ロワはどこだ？」

「血相を変える必要はない」セプラローンは冷静にいった。どこかしら夢みがちなようすで先をつづける。「狩人がライニシュという名を持つことはスリから聞いてはじめて知ったが、かなり遠方にいる。接近してくれれば、わたしはすぐに気づく。ライニシュはこれまでわれわれに何度も狩りをしかけたが、そのためにわれわれのあいだに特別な関係が生まれたのだ。われわれ、旧友のようにたがいをよく知っている。もっとも、友ではなく敵だが。われわれのあいだには、迷宮以外の場所では考えられない一種の親密さがある。説明はできないが……」セプラローンは、記憶を振りはらう感じでトカゲ頭を左右に振った。「いずれにせよ、かれのプシ・プリントは知りつくしているから、接近してくれればすぐにわかる。危険はない」

「ロワはどこに?」アラスカが訊く。

「狩りの期間には別行動をとることにした」もともとはロナルド・テケナーであるセプラローンが応じる。「それぞれがライニシュを探しだして、打ち合わせた場所におびきよせることになっている。早く手がかりを見つけたくて待ちきれない思いだ」

「かれはきみをしとめる気だ、ロン」アラスカは語気を強めた。「ライニシュも今回は非常によく武装しているから、見つかればほんとうにやられる。わかってほしい」いったん言葉を切り、相手の答えを待つ。だが、セプラローンはなにもいわず、同情に近い妙な表情で見つめるので、アラスカはすがるような視線をヴェトとスリに向けた。「重要な点を説明しなかったのか？　われわれがカリュドンの狩りに参加したのは、ひとえにかれとロワを解放するためだということを？」

「ロンは承知している」ヴェトが応じる。「すべて説明した。もちろん、過去十五年間に標準宇宙で起こったことも。だが……」

電光に似たスピーラー姿をとるヴェト・レブリアンは言葉を切った。

「つまり、ロナルドとロワは現実へのつながりをすっかり失ってしまったわけ」スリが先をつづける。「超現実世界での長期滞在のせいで変化が生じて、迷宮がかれらの世界になってしまったの。ヴェトも似たような体験をしたわ。オルフェウス迷宮から逃亡したのち、ふたたび通常生活に慣れるまで何年もかかったそうよ」

「ということは、きみたちは迷宮から逃げるつもりはないのか？」アラスカは愕然として訊く。「ジェニーに再会したいと思わないのか、ロン？」

「もちろん会いたい」セプラローンは無感情にいった。「ただ問題は、自由の身になるためにどれだけの代償をはらわなければならないかということだ。ロワもわたしも、なにをおいても逃亡したい。だが、こそ泥のように迷宮から姿をくらますのではなく、尊敬に値《あたい》いする実直な男として去りたいのだ。われわれがもとめるのは、かつてヴェト・レブリアンが達成したこと以下のものではない。それは認めてもらわなくては」

アラスカはいくらか安心した。ロナルド・テケナーとロワ・ダントンはオルフェウス迷宮の生活にすっかりなじみ、もうはなれる気はないのではないかと危惧しはじめていたから。

「了解だ」と、応じる。「きみたちの望みはネットウォーカーの計画にも沿うもの。きみたちが自由民として迷宮を去ることはわれわれの望みでもある。ほかの者の力を借りて逃亡したことは、だれにも知らせなければいい」

「それについては、ロワと話す必要がある」セプラローンはいい、からだをこわばらせた。細胞活性装置の振動がもっと高速のインパルス列を受けとったのだろうと、アラスカは思いこみ、こうたずねた。

「どうした、ロン？　なにかあったのか？」

「なにも変わったことはない」セプラローンはいい、肉食獣の歯をむきだした。「いま狩りの期間がはじまった。狩人のにおい跡を感じる……きみは持ち場にもどったほうがいい、アラスカ。ライニシュが疑念をいだかないように。かれもこちらのシュプールを受けとったのは確実だ。こっちに向かってくる」

「ロンのいうとおりにしたほうがいい、アラスカ」ヴェト・レブリアンが助言する。「なにをするべきか、かれがいちばんよく知っている。コンタクトはたもとう。終盤を迎えてきみのサポートが必要になったら、呼びかけるつもりだ。きみの居場所はわかっているから」

　好ましい事態とはとてもいえないが、まずは狩猟用ロッジで待機するしかあるまい、と、アラスカは悟った。

＊

アラスカはライニシュの位置をいちはやく突きとめてあったので、ふいにかれが狩猟用ロッジにあらわれても驚きはしなかった。

「狩りをはじめられる」オグハウアーが口を切る。「なにか変わったことを発見したか、シェーディ？」

「いくつか変化があった」アラスカが応じる。「きみがあらわれるすこし前に、ロッジの周囲でルランゴ・モジャと同様な騒動があった。ここに獲物の通り道があるかと思うような。狩人三名が周囲をうろついていたが、成果はなかった」

「なるほど」ライニシュは物思いに沈んだようすでシントロニクスを操作しはじめた。アラスカはデータが吐きだされるのを待ったが、ライニシュがパーミットを出力部にあてたので、データは直接そこに流入してしまった。ライニシュがふたたび小声でいう。

「見てみろ。シェーディ、きみはわたしがこれまで使った最高のおとりだ。よくやってくれた」

「わたしはなにもしていない」と、アラスカ。「それどころか、無用の長物に思えるくらいだ」

「獲物の一体がここまできた」ライニシュはひとり言のようにつぶやく。「まだそばにいるのを感じる……ためらいがちに遠ざかっていく。だが、二名のどちらなのかはわからない。わたしにはロワとロナルドを区別できないから」

「かれらのうちの一名が狩猟用ロッジの近くまできたということか？」アラスカは意外さをよそおって訊きかえす。

「そのとおり」ライニシュが応じる。「わたしがやつらを狩りださなければ、向こうがわたしを探しにここにやってくるだろう。狩猟用ロッジはランデヴーの場所。狩りはここではじまる……ひとつ不思議なのは、きみが徘徊する獲物をなにか特殊なものとして感じとらなかったことだ。きみにはもっと繊細な感覚があると思っていたんだが」

「繊細な感覚とは、どのような？」アラスカがたずねた。

「ほんとうになにも感じなかったのか？」ライニシュはあわれむようにかぶりを振る。

「ロワとロナルドは、きみと同じ五次元振動を発している……正確には、きみの護符と同じ振動だ。ということは、かれらも同じお守りを持っているわけだ。奇妙ではないか？」

「ちっとも」アラスカが応じる。「かれらはわたしと同じくヴィーロ宙航士で、ヴィーロ宙航士の多くがそうした護符を携帯しているから……これでわかったぞ！」

「なんのことだ？」ライニシュはデータ評価を終え、パーミットを出力部からはなしてシントロニクスをオフにした。

「第三の門を通って迷宮に入ったとき、きみはわたしが不倶戴天《ふぐたいてん》の敵であるかのように襲いかかってきた」アラスカが説明する。ライニシュが疑念をいだきかねない瞬間をぼかすために、わざとこの話題を持ちだしたのだ。「いまやっと気づいたんだが、護符の振動のせいで、最初の瞬間にわたしを選ばれた獲物の一体だと思ったのか」

「じつのところ、ロワかロナルドが目の前にいると思った」ライニシュは認めた。「そのことはもういい。おとりの役割はおしまいだ、シェーディ。狩りに出るぞ。ついてこい。狩猟用ロッジをはなれる」

アラスカはライニシュにつづいて外に出た。周囲のようすはまたしても変化し、クリスタル山脈にかわってカルスト平原がひろがっていた。遠方を一サイクロンが太い黒パイプとなって回転しながら通過していく。頭上を流れるのは、多数の層がある帯状の雲だ。回転花火のようにまわる〝赤い目〟がひとつ、ときどき光って見えた。

「シジョルとアグルエルはどこだ?」アラスカがたずねた。かれらのインパルスは、イシャラにもはや伝わってこない。

ライニシュが力強い顎をぐるりとまわしたので、硬い音がした。

「かれらはこの近くで活動している」と、無造作に応じる。「のちにわれわれに合流する」

「かれらを遠ざけたのか?」アラスカは訊き、ライニシュに遅れまいと不器用な短い脚を動かす。

「そういってもいい」相手はぶっきらぼうに応じる。「じゃまになったのだ。だが、終盤には参加する」

ライニシュがシジョルとアグルエルに自由をあたえたとはとても思えない。かれは二名とともに、こちらには内緒のなんらかの意図を追っているのだろう。だが、相手に疑念をいだかせないために、さらなる質問はひかえることにした。それにしても、ライニシュがムターとクラブスに変異したヒューマノイド二名とともに進めている計画とはなんなのか、気にかかってならないが。

アラスカがすこし遅れをとったとき、かれのイシャラが、シジョルとアグルエルのイシャラに相当するかすかなインパルスを受けとった。立ちどまったが、インパルスは強まることなく消えた。

「シェーディ、もうすこし足を速めてもらえると助かる！」ライニシュが大声で呼びかけ、じりじりしながら待つ。アラスカが追いつくと、「きみはいいやつだ、シェーディ。だから、特別な栄誉をやりたい。獲物の一体にとどめの一撃をあたえていいぞ」

アラスカはむっつりと礼をいう。ライニシュは自分を除外した計画をたてたのだ、と、いっそう強く確信した。細胞活性装置の発する振動が一致することから、ライニシュが正しい結論を出したのではないか、という疑問がわく。

だが、その危惧はライニシュ自身が吹き飛ばしてくれた。明らかにそうとは知らずに。

ふたりはずいぶん前に荒地をはなれ、次に高い起伏のはげしい土壌に入った。巨大な土塊によじのぼり、結晶化したばかりの帯状の雲に足を踏み入れる。ライニシュはクリスタル塊の成長段階を非常に巧妙に利用し、アラスカとともに山頂の最高ポジションを維持することに成功した。

こうして、一層の雲とともに回転しながら向かってくる〝赤い目〟のそばに達した。成長するクリスタル山の頂上で〝赤い目〟がくるのを待っているとき、ライニシュがいった。

「わたしのような熟練の狩人が狩りに出るときの心境は、きみにはわかるまい。狩人と獲物のあいだに特別なつながりが生じることもある。片方がもう一方と密に関わればわるほど、つながりは強くなるのだ。わたしも、追放の前にあらかじめマークしていた獲物すべてとそのようになった。死をもたらす友情とはいえ、友好的といえるほどの関係が生じた……おそらくきみには理解できまい、シェーディ？」

「わかるような気がする」アラスカは、このテーマについてのテケナーの言葉を思いだした。「狩人と獲物のあいだに競い合いが起こるのかもしれない。それが充分に長くつづけば固着した儀式となるような」

「儀式になるというのは当たっているが、固着したものではない」と、ライニシュ。

「ロワとロナルドへの狩りもそのような儀式となり、そこで発展させたルールを双方が遵守《じゅんしゅ》している。あくまでも〝ゲーム〟としてのルールだ。これまではゲームだったが、今回は真剣勝負。勝敗を決定しなければならない。ゲームの魅力は失われた。わたしにとっても、ロワとロナルドにとっても。わたしは狩りに熱狂しているわけではない。終わらせたいのだ。狩られるほうもやはり決着をつけたいと感じている。手段はなんでもいい。重要なのは最終目標のみ。あちらが勝つか、こちらが勝つか！」

「かれらに打ち負かされる可能性もあると思うのか？」アラスカは驚いてたずねた。

「本気ではないがね」と、ライニシュ。「だが、チャンスがあるという気持ちをあたえたいのだ。狩人としてとどめを刺すとき、獲物の持つ死への憧憬を満たしているという印象を受けることがある。逆に狩人のほうも、意識のうえでは失敗するかもしれない危険にさらされている。死と直面しつづければ、やがては死に対する一種のあこがれが生じることもある。命を軽んじるわけではないが、死ぬとはどういうことかと自問するようになる。ロワとロナルドは、わたしがそのような状態にあると考えている。そのような体験をする心の準備がわたしにあると……そうであってほしい」

「実際にはどうなんだ？」

ライニシュは、返事のかわりにパーミットを高くかかげた。〝赤い目〟は二名の真上にあり、クリスタル山脈はますます高くなっていく。

「地面を蹴ってジャンプするだけでいい。それで〝赤い目〟につかまるから」ライニシュが説明する。

アラスカは一瞬、シジョルとアグルエルのインパルスを受けとった。かれらのイシャラの受信範囲に入ったのだろう。

「ジャンプしろ、シェーディ！」ライニシュが叫んだ。巨大なオグハウアー体は急上昇していく。「わたしには死への憧憬はないが、あるようにふるまう……」

〝赤い目〟が巨体をのみこんだ。アラスカも跳びあがる。根っこ状の脚が地面をはなれたとたんに吸引力にとらえられ、回転花火にのみこまれた。周囲のすべてが巨大化し、自身は昆虫大に縮んだような感覚がある。

この縮小化プロセスから強い印象を受けてもよかったはずだが、それはなかった。ある考えが突然の電光のように浮かび、かれの心を占めたからだ。

ライニシュの意図を、かれはふいに理解した。狩人と獲物のつながりとそこから生じる死への憧憬についての哲学的会話によって、目が開かれたから。

ライニシュは、自身が死に対してとても強い憧憬をいだいているとロワとロナルドに思いこませようとしている。実際にはそうやってかれらをおびきよせるのだ。

シジョルとアグルエルが敬意をもって距離をとっているのも、これで説明がつく。

ライニシュはおとりで……シジョルとアグルエルが執行者なのだろう。自分、アラスカはエキストラにすぎない。

だが、そんなことを甘受できるものか。なんとしてでもロワとロンに警告しなければ。

赤い炎は消え、暗黒がおりてくる。そこから解放されたとき、周囲は一変していた。

これと比較できる風景は、迷宮世界でまだ見たことがない。

「ここはどこだ？」虚無に向かってたずねる。ライニシュの姿は見えないから。

「〝赤い目〟のなか……迷宮世界の微小宇宙だ」本来のライニシュである侏儒のガヴロン人の声が、天使のようなやさしさで返ってきた。「ここでは可能なかぎりちいさいサイズに縮小される。変異でどのような姿になっていたとしても、ここではオリジナルの生物にもどるのだ」

「ここでなにをするんだ？」

「獲物を待つ」

「こなかった場合は？」

「かならずくる。ロワとロナルドのことは知りつくしている。おそらく、かれらが自分自身を知る以上に。この微小宇宙は中立の地であり、だれも相手に危害をくわえることはできない。すでにいったように、だれもが最小サイズかつオリジナルの自己に縮小される。迷宮でどんな姿であろうと……オグハウアーまたはセプラローン、はたまたきみのような障害者であろうと……ここでは本来の自己になる。決定的なことが起こる前にここでわたしに会うチャンスを、ロワとロンは利用するはず……」

……そして、かれらが微小世界を去るとき、シジョル・カラエスとアグルエル・エジスキーが〝赤い目〟出入口で待ちかまえるというわけだ。アラスカは心のなかで文章を完成させた。

自分はいまやここから動けず、友に奇襲の危険を警告することもできない。

「今回のカリュドンの狩りはうまくいったも同然だ」ライニシュがいった。「待ち時間を利用して、今後の共同活動について考えようではないか、シェーディ……」

5

迷宮世界におけるセプラローンは、力と勇気と英知の美徳の象徴とされている。ロワ・ダントンはそれらを心内で統合しており、さらにカリスマもある。細胞活性装置の放射のおかげで〝啓示を受けた者〟となったのだ。このカリスマのために、ロナルド・テケナーとかれの周囲に多数の信奉者が集まり、狩人たちへの抵抗集団を組織した。こうした抵抗グループは数十もあって、迷宮世界全体に散らばっている。二十名以上のメンバーを持つグループもまれではない。

ペリー・ローダンとロワが出会ったグループは、出身の異なる生物十七名からなっていた。

ロワが説教を垂れる。

「相手を殺すのは、自己防衛でおのれの命を守る場合だけにすること。空腹を満たすために殺してはならない。外見がどうあろうとも、迷宮の住民は怪物ではない。諸君と同じ出自の生物で、諸君と同じく高地からきたのだ。クラブス、アルギザー、スレイヤといった生物を殺せば、おのれの兄弟を殺すことにもなりかねない。敵の肉を食べれば、きみたちは肉食らいとなる」

「肉で空腹を満たすためにほかの生物を襲わない」と、信奉者たちが誓う。

ロワが告げる。

「一度肉食らいとなれば、終生、肉食らいだ。諸君は肉食らいを見たことがあるか？」

信奉者たちは、こぶし大の干からびた塊りをさししめす。アッカルという名の、脱水状態にあるボセムだ。

ロワが命じる。

「火に投げこむのだ！」

信奉者たちが粘土製の壺に似た容器を運びこんでくる。その蓋をとると、開口部からどぎつい光が放出された。壺を運んできた一エジブリーが干からびたボセムをひろいあげてなかにほうりこみ、蓋を閉じる。

ローダンはこの野蛮な儀式をただ見守るしかなかった。ロワの心を変えさせようとあらゆる手をつくしたが、かれは死刑を執行するといってきかなかった。

この行為を最後に、ローダンとロワはグループをはなれた。ローダンは深く落胆すると同時に、息子がこのように残酷な行為をしたことに多大なショックを受けた。

ふたりは長いあいだ無言で進んだ。ロワが先頭を行き、ローダンは身長の数倍の距離をたもってあとにつづく。

しばらくして、強い気流で進むちいさめのクリスタル雲に乗りかえ、急速に前進した。やがて雲が拡散すると、やや上方を移動する土壌にうつった。石化した樹木のようにジャングルの外に伸びていたものだ。

ロワはかんたんに視察してからもどってきた。

「あたり一帯に狩人はいない。ここにいれば、ひとまず安全です」満足そうに報告し、ローダンがなにもいわないので、「なにが気にいらないんです、父上？」と、訊いた。

「もういう必要はない」ローダンは曖昧《あいまい》な返事をする。

「それでも知りたい。率直に話してください。批判でもかまいません」

「ほんとうにボセムを殺す必要があったのか？」ローダンは訊いた。「アッカルがかつて、きみの知っているヴィーロ宙航士だったかもしれないとは考えなかったのか？」

「ああ、そのことですか」と、ロワ。「迷宮世界でわたしには疎遠な存在になったのかと思いましたが、あなたは変わっていない。理解と思いやりのある、屈強で心のやさしい男だ！　そのような考え方ではここで長生きできませんよ」

「わたしには理解できない、ロワ……マイク」ローダンは応じる。「ヒューマニズムを説く一方で、死刑をいいわたすとは。もちろん弁解の理由はいくらでもあるだろう……ここは迷宮世界で、まったくべつの法則が通用するとか。だが、わたしはまだここにきて日が浅いから、ある生物を生かしておくか、ほかの生物を守るために破滅させるかを判断するなど、とてもできない」

「十五年……ロンとわたしが迷宮にきてから十五標準年がたったと、あなたはいいましたね」と、ロワ。「ここに滞在して千年がたったのではないかと、そのくらいに感じられるんです。こうならずに生きのびられたと思いますか？　われわれ、適応しなければならなかった」

「もういい」ローダンが応じる。「標準宇宙にもどったら、あらたに適応できるかどうかが問題だな」

「わたしもそれを疑問に思います。でも、もどることはないかもしれない」

「もしかして、もどりたくないのか？」ローダンが推測を口にする。

「狩人だ！」ロワがふいに大声をあげ、骨張ったからだを硬直させた。「前進しなければ」

ロワが遠くにいる狩人を感知できるほど繊細な感覚を身につけたのか、それとも不愉快な会話を打ち切る口実に使ったのか、ローダンにはわからなかった。いずれにせよ、かれには狩人の接近する気配は感じられない。

ふたりはジャングルを横断していく。迷宮住民に二度出会ったが、いずれもおびえて逃げていった。恐がる必要はないことを、ロワが伝えようとしたのに。

「あなたのせいだ」ロワがいった。「あなたのイシャラが狩人のインパルスをはなつためです。一方では、それで狩人を引きつけている。捨てたほうがいい」

「それはできない」ローダンが応じる。「迷宮ダイヴァーを手ばなすことになり、ここからもどれなくなるから。だが、きみがそれほど自分の安全が心配なら、別れてもいい」

ロワは足をとめ、トカゲの目で相手をじっと見た。

「ふつうの環境条件なら、あなたはけっしてそのようないい方をしない。すでに超現実の影響下にありますね。滞在が長くなればなるほど、ますますひどくなる。別人になって、自分自身にも見わけられなくなる。自分にもどることはできませんよ……地獄から脱出できないかぎり」

「きみとロンにはそのチャンスがある」ローダンが口をさしはさむ。「それを利用するべきだ。われわれ、永遠の戦士との戦いで援護を必要としている。これでその気にならないなら、デメテルのことを考えろ」

「黙れ、ペリー・ローダン！」ロンがどなりつけた。

ローダンは言葉を切ったが、どうやらロワの泣きどころを突いたらしいと満足した。妻への愛は、ロワがいまなお持つ唯一の人間的弱みなのかもしれない。

ふたりは石化した樹木からなるジャングルを抜け、土壌のはしに到達した。眼前に黒い雲が湧き起こり、さかんに電光を発しはじめた。

ロワの説明によると、こうしたエネルギー放出が起きるのはふたつの土塊がこすれ合うからであり、雷雨のなかに飛びこみさえすればべつの土壌にうつれるという。

「リスクのないもっとも安全な移動法です」ロワがいいそえる。「わたしがするとおりにやればいい」

ロワは土壌のはしから跳躍してどす黒い雷雲に突っこみ、ローダンの目の前で倒れた。セプラローンの姿はいきなり一連の電光に打たれ、大きな弧を描いて宙を飛んでいく。その姿が見えなくなる前に、ローダンも落下しはじめた。

自由落下を感じたのもつかのま、すぐにどぎつい閃光につつまれた。不可視の力によって持ちあげられる感覚がある。

やがて雲は散ってまばらになり、大草原の光景が見えてきた。人間の背丈ほどあるヨシに似た植物が眼前一面に生え、地平線までずっとひろがっている。巨大な氷山さながらのクリスタル雲が、かたちを次々と変えながら上空を高速で移動していく。

「一見したところ生物はいませんね」ロワがコメントする。「でも、見かけだけかもしれない。大草原は狩りに適しています。狩人一名で平原全体をチェックできるので」

遠方で電光がはしるのがローダンの目にとまった。ロワがすこしも注意をはらわないので、コメントはひかえていたが、そのあと複数の場所で放電が起きると、この現象の原因はなにかとたずねた。

「ヨシに似た植物がひどく乾燥すると、発火することがあります」ロワは説明しながらヨシの茎を骨張った指で砕いた。「最悪のケースでは草原火災となりますが、心配はいりません。ここの草は水分を多くふくむので安心できます」

ふたりはすみやかに前進していく。大草原のほぼまんなかまできたとき、頭上で爆発が起こった。ローダンは反射的に身を伏せ、上空を見てぎょっとした。移動するクリスタル山脈が崩壊したのだ。ひとつひとつの破片が砕けてクリスタルの塵埃からなる雲となり、草原に落ちてくる。

「じきに雨が降ります」ロワがほっとして告げる。「これで草原火災の危険はなくなる」

ほどなく、大草原は雹《ひょう》くらいの大きさの氷の結晶からなる濃い霧につつまれた。雹粒は雪のように舞い、地面に触れると溶けてしみこんだ。

ローダンは毛むくじゃらの頭をうしろにそらし、口を大きく開けてクリスタル粒を受けとめた。液体はわずかに塩味があり、苦みがのこる。

「あまりたくさんとらないほうがいい。陶酔作用がありますから」ロワが警告する。

しばらくすると、実際に気分が陽気になるとともに、いくらか自制心が失われた。そこで口を閉じたが、いまや襞襟《ひだえり》のようになった迷宮ダイヴァーに落ちて溶けた雹は、舌でなめてとるほかなかった。

まもなく雹はおさまり、霧がうすれて大気は明澄になった。

ローダンはいつになく興奮して陽気に感じ、陶酔状態に近くなった。超現実がべつの視線から見えてくると、迷宮世界にもそれなりの魅力があると思える。失われた楽園を散歩しているような気分だった。これが地獄となったのは、勝手に侵入してきた者たちのせいなのだ。

「迷宮住民に、世界の美しさを見る目を開いてほしいものだ」ローダンは感動していった。「必要な熱意があれば、平和の使者として狩人と獲物とのあいだを調停することができるはず。そうなれば、迷宮の生活はすばらしいものとなるだろうに！」

「陶酔作用を受けましたね。ほろ酔い気分になってますよ、父上」ロワは愉快そうにいい、すぐに真顔になった。「非常にあぶない状態となりかねません。危険をあなどることになるので」

「どんな危険だ？」ローダンが訊く。迷宮世界に平和をもたらすためのアイデアが、ふいにかれの頭にひらめいた。この楽園においては、変異した生物がたがいに脅威をあたえ合っているだけではないか。そのことを口に出し、賢明な言葉を述べる。「だれもがほかの者に敵対し、同時におのれに敵対している！　これが悪の根源なのだ、ロワ。狩る者と狩られる者を調停しなくてはならない。かれらに平和の蜜を飲ませよう……兄弟の絆《きずな》を結ぶために。そうすれば、オルフェウス迷宮はしかるべき運命をあたえられる。つまり平和の国、乳と蜜の流れる祝福された地となり……」

話しながら輪を描くように歩く。やってきた方向に目を向けたとき、遠方でふたたび電光がはしった。

「そして、大草原にはよろこびの炎が燃えあがる!」高らかにいう。「見えるか、ロワ? われわれの背後のいたるところでよろこびの炎があがる。しかし、心配はいらない。雹が降ったので、草原火災の危険は封じられた」

ロワはローダンのほうにからだをまわした……すると、はるか後方で光をはなつ炎が目に入った。

「気になりますね。あの炎は自然に発生したものではない。ヨシがひとりでに燃えひろがることはないのですが」

「よろこびの炎だ……」ローダンはろれつが怪しくなっている。

ふいに目の前にあらわれた生物を見て、かれは言葉を切った。迷宮でまだ見たことのない生物で、羽を持たないダチョウといったところか。弓のようにカーヴする長い頸の上にちいさな洋梨形の頭がのり、人間そっくりの顔がついている。

ローダンを見てけたたましい悲鳴をあげ、わきのヨシの藪に逃げこもうとしたところを、ロワが跳びついた。脚をつかまれた走鳥類はつんのめった。

「恐がらなくていい、バンスク」ロワが語りかける。「われわれ、危害をくわえるつもりはない」

「狩人だ！」バンスクは声を張りあげ、ロワの手をほどこうとさかんにもがく。「危険だ！　われわれ、狩人グループにとりかこまれたぞ」

「われわれは狩人ではない」ロワは説得を試みる。「わたしの放射を感じないのか？　わたしは啓示を受けた者。わたしの友も同様だ。かれは間違ったオーラを刻印されただけなのだ」

バンスクは徐々におちつき、ロワは手をゆるめた。走鳥類は苦しげにあえぎながら、細長い腕でやってきた方向をさして説明する。

「あそこに狩人がいた。わたしと友三名は、この土壌に追いたてられたんだ。向こうは合計三名で、三手に分かれて数カ所に火をはなったので、われわれ、逃げるしかなくなった！」

ロワが手をはなすと、バンスクはすばしこく跳ね、あわてて逃げ去った。

「事実のようだな」遠方であらたに閃光がはしるのを見て、ロワがいった。均一の明るい光はすでに数カ所にひろがり、かれらの左方で閉じた輪を形成している。

「よろこびの炎だ！」ローダンがもう一度声を張りあげる。「迷宮住民全員が結んだ兄弟の絆を祝おう」

ローダンは魅了されて地平線を見つめた。赤々と燃える光があらたな半円を形成し、急速に明るさを増していく。その光は心をおちつかせる作用を持つ。野放図にめらめらと燃える炎ではなく、エネルギー・バリアのように均一な輝きをはなっていた。

「あそこを見ろ！」ローダンは恍惚《こうこつ》として声を高めた。反対側にも光が発生し、純粋エネルギーからなる明るく輝く壁がそびえたったのだ。「友愛の光の壁がひとつになった」

「くそ！」ロワがののしる。「火にかこまれた。大草原は燃え、もう逃げられない」

「なにから逃げるんだ？」ローダンは驚いてたずねた。

「チャンスはひとつしかありません」ロワは説明し、ローダンの装甲した戦闘はさみに目を向けた、「われわれの命はあなたにかかっている。はさみを使えますか？　穴を掘ることができそうですか？」

「わたしは迷宮世界を貫通するトンネルを掘れるくらい頑強だ！」ローダンが声高《こわだか》に応じる。

「では、はじめてください」ロワは命じ、片足でヨシを踏み倒した。「ここです！　ここを掘って！　これで正気に返ってほしいものだ」

ローダンはしめされた場所に膝をつき、はさみで地面を掘りはじめた。

「なんの苦労もいらない」と、説明を入れる。「それにしても、なんのためにこんな無意味なことを？」

「急いでください！」ロワがせかす。「われわれふたりが入れるだけの抜け穴ができれば、命は助かるかもしれない。大部分の土壌は空洞になっているから、充分に深く掘ることができれば……」

ロワの言葉の終わりはローダンには聞こえなかった。すでにかなり掘りすすみ、上半身がすっぽり穴に入っていたからだ。ふたつのはさみを器用に使えるのが自分でも不思議なほどだった。まずは地面をほぐし、それから土を掘りだして背後に捨てる。生まれてこのかた穴掘りばかりしてきたように、手ぎわがいい。生まれながらの穴掘り職人のようで、掘れば掘るほど作業は楽になり、ますますスピードがあがった。

「はさみのおかげだ！」大声で報告する。

頭を下にしてしだいに深く掘りすすみ、十メートル以上ある垂直な道ができあがった。充分な深さになったかどうか、ロワに訊こうとしたとき、足もとの土が崩れた。はさみで側壁につかまろうとしたが、支えを失って塵埃と砂と鉱物からなる雪崩とともに落下していく。

やわらかい土にぶつかると、すぐにもうひとつのからだが上から落ちてきた。

「やったぞ！」ロワが勝利の声をあげた。「ぐあいはどうです、父上？　陶酔からさめましたか？」

「そのようだ」ローダンが応じる。「さっき兄弟の絆の光についていったことが、いまはばからしく思えるから。いつまでここにじっとしていればいい？」

「この洞穴システムを探検してみましょう」ロワが説明する。「土壌の下部にある出口が見つかるかもしれない。そうすれば狩人から逃れたことになる」

「それから？」ローダンがたずねた。「そのあとどうするかについては、まだ話し合っていない。真っ先にするべきなのは、ヴェト・レブリアン、スリマヴォ、アラスカ・シェーデレーアを探しだして、きみとロンの解放作戦について相談することだ」

「ロンとわたしにその気があるとして、でしょう」ロワが異論をとなえる。

「迷宮世界にとどまることを本気で考慮する気ではあるまい、ロワ！」ローダンがいいかえす。

「それはありません」ロワは同意した。「ですが、われわれが自由を得るための条件によります」

「ヴェト・レブリアンの経験についてきみに話したことがあったな」ローダンは話を切りだす。「ヴェトがやってのけたのと似た方法できみたちをオルフェウス迷宮から連れだそうと考えている。だが、そのためには、ほかの仲間に合流していっしょに作戦を練る必要がある。かれらを探しだすのが非常に重要なのは、そのためだ」

「かれらを見つけるのは問題ありません」ロワがいった。

なぜそのように自信を持つのか、ローダンは不思議に思った。迷宮世界の構造はたえず変化しているので探索不可能だと断言したのはロワなのだ。かぎられた範囲では構造が維持されるが、長くはつづかない。迷宮の地形はたえず変化にさらされているため、確実な基準点はない、と。

「そのように確信するのはなぜだ？」と、たずねる。

「あなたの言葉からです」ロワが応じる。「ライニシュはロンとわたしを狙っている。アラスカがライニシュとともに狩りをしているなら、遅かれ早かれ出会うことになる。それに、ヴェト・レブリアンとスリマヴォがアラスカによって位置を確認しているのなら、かれらはこの狩人グループのそばをはなれることはない。ライニシュの周囲にいれば、たがいに見失うことはないでしょう」

「筋は通っている」ローダンは認めた。「そのようにはとらえなかった。では、ロンをどうやって見つけられる？」

「合流する場所を決めてあります。そこから、いつでもライニシュの手がかりをつかめるので」

＊

ふたりはサイクロンに運ばれてかなりの距離を進んだ。いわゆる〝赤い目〟の転送機効果を利用し、最後に入ったのはクリスタル山脈にある入り組んだ洞穴迷路だった。ロワは目に見えないマーキングを追っているかのように、迷うことなく道を選んで進んだ。

ついに大きな洞窟に到達した。その内部に、十メートルの大きさを持つ卵形の物体が浮遊している。だが、洞窟内に足を踏みだしたとたん、クリスタル山脈が崩壊した。洞窟の壁はまさに粉々になり、きらきらする霧となって散っていく。

特異な卵形物体だけが、すこしも動かずその場にとまっている。ロワは霧の層をいくつもためし、踏んでも崩れないものをやっと見つけた。

ロワはいらいらと悪態をつく。

「山脈が崩壊するとわかっていたら、大変な思いをして迷宮を移動する必要もなかったのに」

「これはなんだ?」ローダンが不思議そうにたずねた。

「ライニシュの狩猟用ロッジです」ロワが説明する。「このポジションに固定されています。ライニシュは昔、この持ち場からわれわれを退治しようとしましたが、狩りに二度失敗したあとはここを捨てました。その後の狩りでここにくるのは注意を引くためだけのようです」

「かれはここにいるのか?」ローダンが緊張の面持ちで訊く。

「一度きたようですが、もういません」ロワはこれといった感情の動きも見せない。

ローダンは、ふいになにかが接近してくるのを感じた。だが、注意をうながすより先にロワがいった。

「危険はありません。ロンですよ。細胞活性装置の独特の振動でわかりませんか？」

ローダンは接近しつつあるインパルスに神経を集中させる。個人差はあるものの、自分やロワの細胞活性装置と同じ性質の振動だとわかった。

もうもうとした霧のなかから、一セプラローンがあらわれた。背中の構造物がない以外はロワと変わらない。

「遅かったではないか、ロワ」新参者は無愛想にいい、ローダンに向かって「ハロー、ペリー！」と、かんたんに挨拶すると、すぐにロワに向きなおった。「いろいろとあって、にわか狩人三名がいっしょだ。なにがなんでもわれわれを解放しようと決意している」

「スリマヴォ、アラスカ、ヴェト・レブリアンのことか？」ローダンが口をさしはさむ。

「スリとヴェトはそうですが」セプラローン姿のロナルド・テケナーは、ローダンに向きなおらずに答えた。「もうひとりのにわか狩人はジョニーという名のコットです。〝あちらの世界〟ではプテルス種族だったそうで」

「では、アラスカはどうなった？」ローダンが訊く。

「推測にすぎませんが」ロンが応じる。「オグハウアー姿のライニシュ、ムター、クラブスからなる狩人グループに合流したのではないでしょうか。かれらのなかでどうやっておのれを維持できるか、知りたいもの」

「わたしも気になる」ロワが同意をしめす。「たとえ見せかけだけでも、われわれを狩りたてることになるだろうから。かれに手心をくわえなくてはなるまい……今回、ライニシュは本気でかかってくる。きみもそう思うか？」

「最終的に決着をつける気だ」と、ロン。「その前にわれわれに出会いたいと思っている。ある〝赤い目〟の微小宇宙で、ほかの同行者とともに、われわれを待っているのだ。どうだろう、ロワ、会いに行くべきか？」

「その前に、われわれの望みをはっきりさせなくては」ロワが応じる。「世話好きのわが父から提案を受けた。そのことを相談したい」

「そのような提案なら、ほかのにわか狩人からもらっている」と、ロン。

ローダンは奇妙な気持ちでふたりの会話に耳をかたむけた。ふたりは友であり、片方は自分の息子なのに、会話からそういう印象は受けない。未知者二名のたわいない会話をはたで聞いている感じなのだ。かれらのテーマのあつかい方から、生死に関わる問題とはとても想像できない。

生きるか死ぬか、自由の身になるか、それとも今後も迷宮に閉じこめられたままか、ということは、かれらにとってどうでもいいように思われた。天気について話すのと同じ調子なのだ。

「どう思う、ロン？」ロワが訊く。「ライニシュと直面するべきだろうか？　かれのことをついに、もっとよく知る機会ではある」

「前々から願っていたことだ」ロンが応じる。「ほかのことはどうする？　つまり……」

「わたしも意見をいっていいか？」ローダンがテケナーの言葉に割りこんだ。

「ノー」ロワが鋭く応じる。「われわれ、道徳についての説教はいりません。きわめて重大な道徳問題に決定をくださなければならないのはよくわかっていますが、ものごとをおおげさにするのはセプラローンのやり方ではないので」

「それでも知りたいのだ。問題はなにか、わかっているのか？」と、ローダン。

「もちろんです、ペリー」テケナーが応じる。「あなたたちはわれわれを自由の身にしようとしています。われわれがネットウォーカーに手を貸して、永遠の戦士と戦えるように。高潔な目標だ。そのほかに、息子を救いたいという個人的関心もありますね。現実世界で、できればデメテルとともに幸福な生活を送れるようにと願っている。さらに、わたしもジェニーのところにもどれるようにと。あなたはわれわれを救うために命の危険を冒した。われわれの救助がギャラクティカーへの奉仕となり、できることなら力の集合体エスタルトゥの全種族にも貢献するようにと願っている。なにもかも、じつに賞讃に値いします。ですが、われわれを犠牲にするわけにはいきません。われわれだって通常の生活にもどりたいですが……どんな犠牲をはらっても、というわけではない。ここがもっとも重要な点なのです、ペリー」

「なるほど」と、ローダン。「では、どうするつもりか？」

「われわれ、話し合います」ロワがいい、セプラローン二名はローダンの見えない場所に引きさがった。

ローダンはふたりの身になって考えようとしたが、うまくいかない。すでに非常に長く迷宮に滞在するかれらは、おそらく非人間的な生活条件によって形成されてしまったのだろう。それにしても、現実世界に実際にもどることができたら、どうやって生活していくのだろうか、という疑問がまたしても頭に浮かんだ。

いくらもしないうちにふたりはもどってきた。ロワがローダンのそばにきて説明する。

「われわれはこう決定しました。まずはライニシュと対決する。向こうが負けたら、われわれのどちらかがライニシュのかわりに迷宮を去り、もうひとりはライニシュの同行者の役割をになう。われわれが自力で実現しなければならないことは明らかでしょう。自由人として迷宮から出たいので」

「もともとそのように計画している」ローダンは安堵した。「ネットウォーカーは、きみたちのことで重大な計画を……」

「美辞麗句はいりません」ロンがそっけなくいう。「すくなくとも迷宮にいるあいだは。われわれが通常の人間にもどれば、あなたの語り方をもっとよく理解できるはずだ。行きましょう」

ロナルド・テケナーの最後のコメントを聞いて、ローダンは希望を持った。超現実世界でのふたりは、現実世界でふたたび地歩をかためることができないほど離反してしまったわけではないらしい、と。

6

三名は気流によってゆっくり回転する〝赤い目〟に身をまかせて移動していく。

「画家があらゆる色調の赤い絵の具をパレットでごちゃまぜにしたように見えない？」

バンスクがいった。

「だれかがくるぞ」蛇に似たコットが告げる。

「仲間のようだ」電光姿のスピーラーが説明する。プシオン色素によって、接近してくる者たちのシグナルをいちはやく感じとったのだ。

「そうね」バンスクが同意する。彼女は超現実においてもエンパシーを抑制し、目的に応じて利用できるようになっていた。「ロワ・ダントン、ロナルド・テケナー、それとペリー・ローダンね」

セプラローン二名は混合生物のアルリアと別れ、急上昇していく。やがて〝赤い目〟の吸引力の領域に達してなかに消えた。アルリアは、待機中のグループに合流する。

「ロワとロンは、われわれとともにもどる気になっている」ローダンが報告する。「だが、説得するのは容易ではなかった」

「じつにでたらめだな、この狩りは！」コットに変異したプテルス種族のジョン・ヴァル・ウグラドがいった。「カリュドンの狩りとは、まったく違うものと想定していた」

「はじまりはこれからだ」電光に似たスピーラーとなったヴェト・レブリアンが応じる。

「主役がふたたび〝赤い目〟から出てくるのを待つしかない」

「出てくるのもここだろうか？」コットが訊く。「ええと、〝赤い目〟とは転送機のようなものではないのか？」

「どの転送機も、いわば次元の門のようなものだ」ヴェトが説明する。「ヤグザンにある迷宮門が超現実に通じているように、〝赤い目〟はもっと異質な領域への通路となっている。この超現実の裏にある超現実平面とでもいおうか」

「では、そこでなにが起きる？」コットがたずねた。

「ジョニー、わたしの神経をまいらせないでくれ」スピーラーはいったが、それでもしぶしぶ説明しはじめた。「その平面では対決者どうしが出会い、最後の戦闘の前にたがいに知り合う。このプロセスは通常ではないが、狩人と獲物は太古からある敵意で結ばれているので、真の正体を明かす必要性が生じるのだ。〝赤い目〟の微小宇宙では、たがいになんの手出しもできない。かれらはそこの条件に適応していないから。つまり、からだを持ちこむことができない。変異したからだは〝赤い目〟の重複ゾーンのどこかゾーンにのこされた変異したからだはどうなる？　つまり、接近できるのか？　傷つけることは？　微小宇宙を訪れた精神がもどってこられなくなるよう、操作することもできるのか？」

「それは知らなかった」と、ローダン。「その点ではっきりさせたいことがある。重複にのこされる……」

「それも可能だ」ヴェトが同意する。「そうやってからだをとりかえることもできる」

「つまり、ロワとロンは〝赤い目〟にいるあいだ、完全に無力なんだな？」ローダンがたずねる。「のこしたからだをコントロールできず、だれかが危害をくわえるのを阻止もできない。そうなのか？」

「そのとおり」ヴェトは肯定した。「あなたのいいたいことはわかる。だが、ライニシュと同行者たちも〝赤い目〟にいるから、同じハンディキャップを持つ」

「知りたかったのはそれだ」と、ローダン。「われわれにはハンディキャップがないから、操作は可能だろう」

「それこそわたしの計画だ」ヴェトが説明する。「時の利を利用しなくては……」

「すでにその考えをいだいた者がいるようね」スリマヴォが意見を述べる。「あなたと似たことを計画している狩人二名の感情を受けとったわ、ヴェト」

スピーラーは、電光の脚をぎこちなく動かしてバンスクに近より、

「その二名について、もっと情報を得られるか?」と、要求する。「いくつかヒントを
あたえてくれ。わたしにも探れるかもしれない」
「ちょっと待って」バンスクはいい、精神を集中させる。「狩人二名……ライニシュの
部下ね。オグハウアーと障害者……アラスカのことよ……だけで〝赤い目〟に入ってい
き、かれらは周辺で待つよう命じられている。ライニシュはおとりで、執行者はシジョ
ル・カラエスとアグルエル・エジスキー。この二名がロワとロンを……つまり、かれら
のセプラローン体を……殺すべく、すでにそちらに向かっている……〝赤い目〟につか
まらないよう、すごく慎重にしなくてはならない……」
「もう充分」スピーラーがさえぎると、スリはトランス状態からさめたようにわれに返
った。ヴェトは、「われわれが理論をたてているあいだに、ライニシュの手下たちはロ
ワとロンのセプラローン体を破壊するために動きだした。かれらを妨害できなければ、
ふたりは失われる。行こう、スリ、狩人二名を追うんだ」
「わたしも行く」と、ローダン。
スピーラーは拒否のジェスチャーをとる。一瞬、アルリアがついてくるのを腕力でと
めるかに思われた。顔のプシオン粒子が黒ずんだ雲を形成したのち、気をしずめて考え
なおしたようだ。ふいと向きを変えて立ち去った。バンスクがあとを追い、アルリアが
二名のうしろにつづく。コットだけがとりのこされた。

　ヴェトはまず〝赤い目〟の領域を出ると、上昇しはじめた。いくつもの気流をうまく利用することにかけては、ほかの二名より経験がある。そのため、二名を引きはなして進んだ。スリはエンパシーを使ってヴェトの位置をつかめるので、ローダンより楽に前進できる。

　ローダンは、二名の姿を失わないよう目で追うのにひと苦労だった。なんとかして二名のすぐあとから〝赤い目〟の先端部にとどきそうになったとき、ふいに気流の穴にはまって落下しはじめた。やっとのことで帯状の霧につかまったときには、〝赤い目〟の渦の赤黒い先端部ははるか上方にあった。

　もう一度、苦労して上昇しなければならない。最初の高さにふたたび到達したとき、スピーラーとバンスクはもう見えなくなっていた。

「ヴェト！　スリ！」何度か呼びかけたが、かえってきたのはひずんだエコーだけだった。

　長く考えることなく、前進することに決めた。何度か見えないバリアに当たり、頭を打って傷ついたが、それでも徐々に進んでいく。その先は頑丈な戦闘はさみで道を切り開いた。はさみが何度かやけどを負い、甲羅の数カ所に水膨れが生じたが、痛みをこらえた。

　やっとのことで〝赤い目〟の辺縁部まで進んだ。前方にふたつの姿を見たように思い、急いで接近しようとする。だが、見えない力によってうしろに投げ飛ばされた。

苦痛と無力の怒りから叫び声をあげる。前進する方法はないということか。そのとき、ぼんやりと見えていたふたつの姿のうちひとつがはなれ、奇妙にまわり道をしながら近づいてきた。

バンスクだ。

「わたしといっしょにきて」スリはいい、かれの片方の腕をとる。それから、「いまこそ力がいるわ、ペリー。うろたえないで。まだ可能性はのこっているかも……」と、いいそえた。

ローダンはなにかいおうとしたが、ふいに声が出なくなった。バンスクは赤黒い炎のあいだを確実に導いていく。かれは恐ろしい予感に襲われた。

前方にスピーラーが見えてきた。かれの左側に、見わけのつかないほど変わりはてた姿がふたつ、浮遊している。

「残念ながら、ペリー、われわれは遅すぎた」ヴェトが悔しげに告げた。「それでも、スリが殺し屋を拘束した」

ローダンは放心状態でふたつの死体を見つめた。セプラローンであることがかろうじて見てとれるにすぎない。

「殺害者はどこだ?」と、たずね、どす黒い炎のあいだを激怒にかられた者のように移動していく。ムターとクラブスのところにくると、手前にいるサルに似たムターに飛びかかろうとした……だが、相手は凝《こ》りかたまって動けない状態にある。スリの超能力にかけられたのだ。

この瞬間、ローダンは殺害者を殺すことすらできただろう。だが、なにかがかれの精神をつかみ、火炎地獄の状態にある感情を整理・調整した。ローダンはおちつきをとりもどした。

「まだチャンスはあるわ」スリが語りかけてきた。「ロワもロンも死んだわけではない。あなたが見たものは、ただの変異したからだよ。どうしたら救えるか、ヴェトが説明してくれたの。それをやってみる。成功させましょう、ペリー！」

「願うところだ」ローダンはいい、ムターとクラブスを観察した……現実世界で、かれらがヒューマノイドであるところを想像してみる。奇妙なことに、このときかれはシジヨル・カラエスとアグルエル・エジスキーのプロフィールを思いだした。アラスカ・シエーデレーアが作成して、ネットウォーカーのあいだに配布したものだ。

「かれらについてわかったことは？」スリに質問する。

「かれら、記憶をブロックされているわ」スリが答える。「かれらが知っているのは、自分の名前と、エスタルトゥ十二銀河の出身ではないということだけ。ここにきたのは情報を集めるためだけど、だれにいわれたのか、かれらがどこの出身なのかは読めなかった」

「わたしにはわかった気がする」ローダンが低い声でいった。アラスカの作成したプロフィールを読んだとき、とっさにある種族が頭に浮かんだのだ。しかし、その推測をアラスカに伝える機会がまだなかった。「アラスカの描写によると、M－87のオケフェノケース以外ではありえない。より正確には、生物物理学的ハイパー再生処置を受けたオケフェノケースだ」

「もういいわ」スリが応じる。ローダンが気をそらそうとしているだけだとわかったから。「わたしたち、いまや心を集中させなければ。決定的瞬間に間違いをおかさないように」

「ロワとロンに真のチャンスはあるのか？」ローダンがたずねると、

「ある」ヴェトが答えた。

＊

超現実というのはけっして、閉じて隔絶化した存在平面ではなく、ほかの無数の超現実と重複している。〝赤い目〟はまさに、異次元にあるべつの存在平面との重複ゾーンなのだ。それらはやや異なるストレンジネス座標を持つ。

ロワとロンを待つあいだに、ライニシュがそう説明した。アラスカはクエリオンの名もなき惑星を思いだした。タルサモン湖と、三つの存在平面を持つ〝都市〟がある惑星だ。そこですでに何度も迷子になったことがある。

違いといえば、〝赤い目〟には変異のための設備がないことと、微小宇宙を訪れたい者はからだを置いていかなければならないこと。かれは、もっともちいさいサイズ、つまり真の自我にまで縮小され、純然たる精神としてここにやってきた。

迷宮世界における姿とはまったく無関係に、〝赤い目〟の微小宇宙ではふたたびおのれにもどる。

ロワ・ダントンとロナルド・テケナーが到着したとき、アラスカにはすぐにその正体がわかった。視覚器官を持たないので、見て認識したわけではない。ロワとロンのアイデンティティを把握したので……そのように見えたのだ。

ライニシュは侏儒のガヴロン人の姿に見える。対決の時がくると、場は一種独特の雰囲気につつまれた。それは敵対心や憎悪がつくりだすのではない。ここでは、感情は従属的な意味しか持たないから。

アラスカには驚きだった。ライニシュのことをよく知っていると考えていたから。だが、敵対者二名に対面したとき、かれ本来の狩りへの情熱はすこしも感じられなかった。

ロワとロンもまったく情熱を持たないようだ。

それでも、ライニシュは敵対者二名を殺そうと決意している。獲物のほうにも、狩人を打ち負かす意図が見えた。

「ここで会おうという提案に応じてくれて、うれしく思う」ライニシュが悪意のかけらもないやさしい声で語りかける。「本来の姿できみたちと知り合いたかったのだ。追放される前の、真の姿で。わたしのことをおぼえているか？」

「ルランゴ・モジャの門監視者のひとりだ」ロワは淡々としていった。「門監視者をつづけているべきだったな。なぜなら、狩人としてのきみのキャリアはここで終わるからだ。われわれ、決定をくだす準備がある」

「こちらも狩りに決着をつけるつもりだ」ライニシュが応じる。「この出会いを手配したのは、きみたちに前もって警告するためにほかならない」

「われわれがもとめるのは、きみたち二名の死だけではない」と、ロン。アラスカのこともふくめてそういったのだ。「われわれは四名……二対二だ。だが、迷宮を出るのはふたりだけ。ロワとわたしだ」

「それはいまにわかる」と、ライニシュ。「いいたいことはそれだけだ。獲物であるきみたちが、先に迷宮にもどる権利を持つ」

アラスカは、狩人と獲物のあいだに詳細な策略があるものと考えていた。その機会に、ふたりの友に警告できればと願っていたのだ。〝赤い目〟の外側でべつの狩人二名が待ち伏せており、ふたりがあらわれると同時にとどめを刺す気だということを、なんらかのかくされたヒントのかたちで伝えたいと考えていた。

だが、会話はいきなり終わり、ロワとロンは〝赤い目〟をまさに出ようとしている。アラスカは必死になって考えたすえ、危険を覚悟で賭けに出ることにした。おのれの偽装など、ふいにどうでもよくなる。手遅れにならないうちにロワとロンに警告しなくては。その結果で自分がどうなろうとかまうものか。だが、決心を実行にうつすより先に、ライニシュがふたたび口を開いた。

かれはいった。

「きみたちふたりは、じつはすでに死んでいる。まだ知らないだけのこと。ここにあわれたとき、迷宮世界における生存とともに現実における生存も終わったのだ」

ロワとロンは一瞬ためらい、それから姿を消した。

「シェーディ、りっぱな態度だったな」ライニシュがねぎらう。「正直なところ、きみが同胞に警告をあたえるだろうと考えていたのだ。最後の瞬間まで確信していた。迷宮にもどろうではないか。狩りは終わった」

アラスカはライニシュに導かれて微小宇宙を去った。空想的な環境は暗黒に沈み、暗黒が消えると、かれはもとのごつごつした仮のからだにもどっていた。

はるか上方で〝赤い目〟が回転し、横にオグハウアーがいる。霧のなかからふたつの姿が、背後になにかを引きながら接近してくる。アラスカはあらゆる理性に反して、なじみのある細胞活性装置の振動を期待した……そのとき、ムターとクラブスが眼前にあらわれ、セプラローンの死体ふたつをオグハウアーの足もとにほうり投げた。

「敵の死体です、ライニシュ」ムター姿のシジョル・カラエスが告げる。

「いともかんたんにかたづきました」と、クラブス姿のアグルエル・エジスキーがいいそえた。

アラスカはトランスに近い状態で不動のセプラローン体に身をかがめ、短い腕で触れた。細胞活性装置の振動を期待して。どんなに弱くてもいいから、セプラローンがまだ生きているしるしがあれば、と。

しかし、ロワとロンの細胞活性装置は、保持者のからだと同じく死んでいる。

「かれらはもはや手出しできない、シェーディ」ライニシュがいった。「狩りは気にいったか？」

「生け捕りにするのだと思っていたが」アラスカが小声で応じる。

「ハイブリッドのためにか？」ライニシュが訊きかえす。「考えなおしたのだ。ハイブリッドは男の構成要素がなくとも役にたつだろう」

一行は帰途についた。アラスカは明瞭に思考することができない。ペリーとヴェトとスリはどこだ？　なぜ、ロワとロンを助けるために攻撃しなかった？　いま、どこにいる？　せめてライニシュの前に立ちはだかり、恐るべき復讐をしないのはなぜだ？

わたしがかれを殺す！　アラスカはかたく決心した。ほかのことはなにも考えられなかった。ルランゴ・モジャに着いてすぐに、ライニシュが勝利を味わうより先に殺すのだ。

　アラスカはほとんどトランス状態にあり、迷宮世界を横断してルランゴ・タトゥの門領域に到達したことにも気づかなかった。多種多様な迷宮住民がおおぜい集まっているのはどんな意味があるのかということも、すぐには理解できない。数十のイシャラのインパルスを受けて、やっとかれらが送還を待つ狩人たちであることを思いだした。狩人の大部分は戦利品を手にしている。

「おのれのイシャラに注意を集中するんだ」ライニシュが助言する。「家路につくぞ、シェーディ！　夢をみているのか？　迷宮にとどまるつもりか？」

　アラスカは気をとりなおした。ライニシュを殺すのだ！

　狩人のなかに、ややはなれた位置に立つバンスクとスピーラーの姿が見えた。コット一名がそばによってきて、ささやきかけた。

「わたしだ、ジョニーだ。すべてうまくいった、シェーディ。心配することはない」

　アラスカには、コット姿のプテルスがなにをいいたいのかわからない。最初の狩人グループが幻影さながら、ルランゴ・タトゥのなかに消えるのが見えた。ライニシュはアラスカに先を譲ろうとしたが、シジョルとアグルエルがすかさず割りこんできた。ライニシュはやむなく先に門に向かう。

ふいに騒がしくなった。バンスクが道を切り開いてアラスカのグループに歩みより、ロワとロンの殺害者二名になにかを手わたす。彼女の姿はすぐに消え、ふたたびスピーラーとならんだ。アラスカがムターとクラブスに向きなおると、ふいに細胞活性装置二個の振動が感じられた。だが、確認する間もなく、二名は前後して迷宮門のなかに見えなくなった。戦利品であるセプラローンの死体とともに。

アラスカはあとを追う。いまや早く門を通過したい。もう一度振りかえり、それからすぐに転送フィールドにとらえられ……逆変異がはじまった。

ルランゴ・ビリへ、それからルランゴ・モジャへの転送プロセスがひどくのろく感じられる。やっとのことでルランゴ・モジャの転送プラットフォームに実体化したとたん、なにか異変が起きたことに気がついた。

完全に武装した複数のアルロファー人がトンネル入口に配置されている。エネルギー・レーンでトンネルのひとつに接近すると、腕をつかまれて前に導かれた。トンネルの終わりまできたとき、ライニシュがこちらを向いているのが目に入った。

侏儒のガヴロン人は青白い顔をして全身をぶるぶる震わせている。かれに向かい合って立つのは、上背のあるヒューマノイド二名。片方のあばた顔の男が口を開くと、口の周囲にほとんどわからないほどのかすかな笑みが浮かんだ。

「われわれ二名はヤグザン迷宮からきた、死ぬ運命にある者。われわれ、狩人を打ち負かし、かれらにかわってオルフェウス迷宮から脱出することに成功した。よって永遠の戦士による恩赦をもとめる。われわれを追放したのは永遠の戦士イジャルコルなので、ほかでもないかれの恩赦を期待したい」

ロナルド・テケナーとロワ・ダントンはイシャラをはぎとり、もとの持ち主である死んだヒューマノイドに返した。

「このままではすまないからな」ライニシュが激怒して声高にいい、こぶしに握ったパーミットを威嚇《いかく》的に振りあげると、歩み去った。

アラスカはロワとロンに軽く合図を送った。どのような救助作戦がおこなわれたのかはまだわからないが、そんなことはどうでもよかった。

エピローグ

ヴァーランド・ステーションにもどったペリー・ローダンは、うまくいった救出作戦についてイルミナ・コチストワに報告した。迷宮ダイヴァーの性能はどうだったかと訊かれ、こう答えた。

「改良すべき点をいくつか、ジェフリーに提案したい。なによりも安全ロックを装備して、ナック種族が迷宮門の上部から迷宮ダイヴァーの個人調整に影響をあたえられないようにすることだ。外部の助けがなければ、わたしは迷宮世界からもどれなかったと思う。もどることができたのは、ヴェト・レブリアンの共感力のおかげだ。かれの知識があったからこそ、迷宮ダイヴァーにおこなわれた操作をもとにもどすことができた。そうでなければどうなっていたか……だが、さいわいなことにすべてうまくいった。ロワとロンは、ネットウォーカーの作戦行動に参画すると約束したよ。イジャルコルの恩赦を受ければ、かれらの助けを借りて、永遠の戦士を破滅させられるかも……」

時を同じくして、ルランゴ・モジャではスリマヴォがアラスカ・シェーデレーアにコンタクトをとり、ロワとロンの変異したからだをシジョル・カラエス、アグルエル・エジスキーのそれと入れ替えたいきさつを語っていた。

スリとヴェトの持つ特別なプシオン能力によって、ロワとロンが〝赤い目〟の微小宇宙から出るタイミングを探りだしたのだ。まさにふたりが出てくる瞬間、スリは自分のコントロール下にあるオケフェノケースが微小宇宙に行くようはからった……かれらのからだをロワとロンが奪えるように。

「オケフェノケースといったか？」アラスカが口をさしはさむ。

「ええ」と、スリマヴォ。「エジスキーとカラエスについてのあなたの正確な描写から、ペリー・ローダンがM‐87のオケフェノケースと同定したの」

未知ヒューマノイドの出生を知ったいま、アラスカにとって特別な意味は失われた。もっと重要なことがあるから。永遠の戦士イジャルコルのところに導かれたいという ロワ・ダントンとロナルド・テケナーの希望がかなえられたという事実だ。ライニシュはその後ルランゴ・モジャを去り、アラスカに知らせることなくエルファード船《ヒヴロン》で飛び去った。

アラスカには好都合だ。いまのところ侏儒のガヴロン人やかれの〝五段階の衆〟について、どのみち知りたいことはなかったから。いまの願いは、しばらく引きさがること……行きたい場所もわかっている。

かれは提案を受け入れ、《ラヴリー・アンド・ブルー》に同乗して次のネット・ノードまで送ってもらった。そこから個体ジャンプでもよりのゴリム基地を訪れ、処理ずみのデータをすべてシントロニクスに保存する。

イルミナ・コチストワへのメッセージとして、ライニシュの基地惑星タロズの座標を入手したこと、デメテル＝ジェニファー・ハイブリッドの処置をするよう手配してほしいことを伝えた。とはいえ、時刻は記さず、タロズの座標もさしあたり明かさない。イルミナ、ペリーをはじめとするネットウォーカーたちとは、たぶんサバルで会合するほうがかんたんだから。だが、いまアラスカは社交をもとめていないのだ。

まずはタルサモン湖底にある保養所にしりぞき、体験したことをパートナーのテスタレに話したい。

先のことを考えるのは、それから……

ドリフェルへの密航者

クルト・マール

登場人物

アトラン……………………………アルコン人。ネットウォーカー
エイレーネ…………………………ローダンの娘。ネットウォーカー
トゥミカ……………………………スィ・キトゥの従者

プロローグ

〝起こりうる未来〟の宇宙は騒乱状態にあった。プシオン情報量子のひとつひとつは、なんらかの発展の可能性を内在する要素だ。それらがせわしなくあちこち動きまわり、たがいにくっついては、またはなれていく。ネットウォーカーたちが〝ドリフェル〟と呼ぶ巨大コスモヌクレオチド内では、はるか昔の出来ごとや最近起きたことをはらむ未来の様相を探している。

ドリフェルは独自の知性を持たない。ドリフェル内部のプロセスは、思考する生物には理解できない法則にしたがっている。宇宙から受けとる刺激に反応し、ここかまたはほかのコスモヌクレオチド内部にのこされたプログラムにしたがって、宇宙の発展を操作しようと尽力している。

ネットウォーカー数名が使用する暦のうえで、六カ月以上前のこと。時空は、当宇宙に属さない物体を生みだした。ネットウォーカーたちはこれを〝丸太〟と名づけた。この種の出来ごとは、これがはじめてではない。似たようなことが、やはり同じ暦のうえで、五万年ほど前にもあった。かつて宇宙の壁が……ここからどんなものを想像するかはともかく……もろくなりはじめた兆候があり、宇宙の境界をこえた非常に大規模な出来ごとが起こるかに思われたもの。

ドリフェルはこの刺激に反応し、プシ定数を変化させた。変化はドリフェルが担当する全領域、つまり最大で五千万光年にわたる四次元時空エレメントにおよんだ。プシ定数の変化のせいで、宇宙全体に張りめぐらされたプシオン・ネットは、ドリフェル担当領域で特別なかたちをとった。宇宙の壁の脆弱な部分が、強化されたネットによって除去されるはずだった。なぜならドリフェルのプログラミングに、宇宙内での事件を可能なかぎり阻止することが組みこまれているからだ。

〝丸太〟が思いがけず生まれたいま、ドリフェルの防衛反応が本来予定された広範囲で効力を発揮することは見こめそうにない。コスモヌクレオチドの持つ可能性の枠内では、プシ定数をさらに高めることはできないから。プシ定数の数値と時空構造のあいだには一定の関係がある。もう一度数値をあげれば、時空エレメント全体の崩壊は避けられないだろう。

ドリフェル内部のプロセスは、統計的性質を持つ。プシオン情報量子、すなわちプシクの大群はたえず動いているため、潜在的発展の映像が毎秒何千個も発生しては消えていく。プシクの活動を操作するメカニズムは、大規模な宇宙間事件による危険がある場合、回避するヒントをしめす映像が見つかった瞬間に一時停止する。ここでドリフェルは建設的活動に入る。シグナルがハイパー空間を通過して付近に存在するコスモヌクレオチドに到達すると、メッセンジャーが形成され、コスモヌクレオチド内の必要な情報をコピイして宇宙空間に飛びだし、危険を緩和するためにするべきことをおこなう。

しかし、時間はあまりない。このところ、兆候はますますはっきりしてきた。起こりうる未来の数は莫大なので、すべてチェックするにはすくなくとも数年ないし数十年かかるだろう。問題の解決法はどこかにひそんでいるのだが。プシクはあちこち飛びまわり、たがいにくっつき合っては、またはなれていく。問題は、どちらが先に起こるかだ。宇宙内事件の発生か、それとも解決法をしめす映像の構築か。

これまでのところ、コスモヌクレオチド内のさかんな活動はネットウォーカーにも見えていた。かれらは、ドリフェル・ゲートから四光時はなれた基地で、数カ月前から危惧しながら観察をつづけている。かれらのひとりが、状態をチェックするためにヌクレオチド内部を探検する準備をはじめていた。

1

一週間以上前から住居として使っているこぢんまりしたキャビンの入口で、アルコン人は驚いて立ちどまった。

「ここでなにをしている？」

思いのほか、つっけんどんな声になる。ここ数日、作業に忙殺されてストレスがたまっているからか。

しかし、キャビン内で唯一の肘かけ椅子にゆったりとすわる若い女……というより、少女……は、銀色の長髪の男の不機嫌を気にするようすもなく、小生意気なほほえみで応じる。

「わたしがきたのが気にいらないなら、もちろんすぐに行くわ」

そういいながら、立ちあがるそぶりはない。アトランがどう反応するか、わかっているから。

「すまない」アトランはすぐにいった。「無愛想になるつもりはなかった。きみなら歓迎だよ。すこし驚いただけだ。何日も前から解決不能な問題ととりくみつづけていると、驚かされるのに弱くなってね」

「それはストレスでしょ」若い訪問者が小声でいった。

アルコン人はドアのところになおも立っている。このキャビンは客を迎えるようにはできていない。ベッドと若い女がすわる肘かけ椅子のほかには、通信装置があるだけだ。もうひとつのドアはせまい洗面室に通じている。

「挨拶するためにきたわけではあるまい」アトランは、相手のシニカルなコメントを無視してつづける。「見てのとおり、わたしの生活空間はせまい。きみさえよければ、どこかほかに……」

「あら、とんでもない。わたしのために時間を使ってくれなくていいの」若い女は跳ねるように椅子から立ちあがった。「用事は数語あれば伝えられるから、あなたがイエスといってくれれば、数秒後には家に帰るわ」

表情豊かなグリーンブラウンの目が期待をたたえて光る。彼女は顔に垂れかかった濃い褐色の巻き毛を左手ですばやくかきあげた。十六歳半……まだ子供といってもおかしくない若い女は、快活でルックスもいい。彼女の容貌を見てムーア人を思うテラナーもいるが、それは日光をふんだんに浴びた皮膚の色や、古風なかたちの鼻とふっくらした唇のせいかもしれない。

アルコン人は、ふいに腹痛をおぼえたように顔をしかめた。

「きみがくるのは、かなえてやれない望みがあるときばかりだな、エイレーネ」

少女の大きな目に影がさし、ふてくされたように唇が曲がる。彼女はじっと床を見つめた。だが、それは芝居にすぎない。ほんとうにがっかりしたわけではない。アトランがそう答えることは予想していたから。だけど、これまでふてくされたふりをして思いどおりになったことは何度もある。

「わたし、まだなにもお願いしてないわ」と、猫なで声でいう。「なのに、もうだめだなんて」

「これから聞かせてもらおう」アトランはほほえむ。「まだなにも断ったおぼえはない」

エイレーネはアトランに一歩近より、

「断るなんて、だめよ」と、強い口調でいった。「いつもいってくれたでしょ。望みがあれば、あなたのところにきなさいって……」

「五年か六年も前のことだ」アトランは相手をさえぎる。「きみがまだ幼くて、すぐにかなえてやれる望みばかりだったころのこと」

「これもかなえられるわ！」

「いってみろ」

「ドリフェルに宙航する準備をしているんでしょう？」

「イエス」

「わたしも連れていって！」

アトランは真剣な表情を浮かべた。

「だめだ」

たったのひと言だが、エイレーネはアトランをよく知っているので、本気だとわかった。落胆はもう芝居ではない。

「なぜ？」弱々しい声で訊く。

アトランは少女の手をとり、

「理由はわかっているはずだ、エイレーネ」と、応じる。「ドリフェル行きは初心者には向かない。コスモヌクレオチドの内部は危険な領域だ。そこで活動するには経験がいる」

「あなたがいるでしょう」少女が抗議する。「あなたのそばにいるなら、経験なんていらないじゃない？」

「それが第二の理由だ」アルコン人は応じる。「ドリフェル・カプセルが一名用にデザインされているのは、理由あってのこと。エンジンやナビゲーション・システムの動作原理については現在まで明らかになっていないが、操縦士の意識との相互作用が生じる。同乗者がいると、この作用が乱されるのだ。こうしたことを、きみはすでに何十回も聞いているはず。もう一度説明する必要はあるまい」

「ためしてみることはできるで……」

「ノー」

少女は悲しそうに相手を見あげた。

「チャンスはないの?」

「ない」

少女は握られた手をほどいてあとずさり、

「わかったわ。すくなくともやってはみたから」と、いって笑みを浮かべた。

「なぜドリフェルに行きたいと思ったのだ?」アトランが訊く。

「なんというか……予感がしたの。わたし、役にたてるんじゃないかって」少女はためらいがちに答えた。

＊

宇宙の虚無空間のなかに《カルミナ》は無動力で浮遊している。アルコン人はときどき大型スクリーンに視線をはしらせた。そこには銀河間空間の暗黒がひろがっている。遠方に、奇妙なかたちの弱い光点がうつしだされた。たがいに重なり合うふたつの銀河……アブサンタ＝ゴムとアブサンタ＝シャドは、四十万光年以上はなれた位置にある。霧状のぼんやりした光点の集まりは、力の集合体エスタルトゥののこりの十銀河……それと、行方不明の超越知性体の帝国には属さない、そのほかの星の島々だ。

大型スクリーンのすみにうつしだされたもうひとつの映像は、虚無のまっただなかで輝くリングである。この環状構造物の規模を調べる労力をはらうなら、直径三光分……つまり五千四百万キロメートル。とてつもない大きさだが、銀河間空間の莫大な距離とくらべれば無にも等しい。リングを形成するのは超高周波ハイパーエネルギー、一般にプシオン・エネルギーと呼ばれるもので、もっと高次元レベルで機能する探知機を使わないとキャッチできない。人間の目ではなにも見えないのだ。探知機とシントロンを使った映像処理によって可視化されている。

ネットウォーカーがドリフェル・ゲートと呼ぶ構造物に接近するたびに、アトランは息苦しさをおぼえた。一時間以上前にエイレーネと別れたネットステーションは、四光時背後にある。このリングは、コスモヌクレオチド・ドリフェルが四次元連続体にのこした跡だ。コスモヌクレオチドじたいは、ハイパー空間に存在する。適切な移送手段を装備していれば、リングを通してドリフェル内部に到達できる。ネットウォーカーにとっての適切な移送手段は、ドリフェル・カプセルと呼ばれる、ややひらたく押しつぶされた卵形の巨大な乗り物だ。これは通常《カルミナ》船体下部に格納されている。カプセルの駆動・操縦機能については、かれにはわからない。そのことが目下の不快感の大きな原因でもある。

双子銀河の霧状の光点を探す。アブサンタ＝シャドの中心から十万光年はなれた辺縁部に、白色恒星ムールガが見えた。ムールガ星系に属する惑星サバルに、ネットウォーカーの拠点が置かれている。アトランは、ラボにいるジェフリー・アベル・ワリンジャーが、科学者特有の情熱と粘り強さで問題ととりくむようすを想像した。かれは〝丸太〟との密接な接触を試みているのだ。〝丸太〟は五カ月前にドリフェル・ゲートのすぐそばにあらわれて以来、毎秒八千キロメートルの速度でアブサンタ＝シャド銀河の方向に進んでいる。

この謎の構造物は、異宇宙の産物と思われる理由がある。ワリンジャーは数年来、ベクトリング可能なグリゴロフ・プロジェクター、つまり並行宇宙を目標に宙航できるエンジン・システムの構成要素の開発にとりくんでいる。かれはいま、謎の物体〝丸太〟の研究に情熱を注《そそ》ぎ、すでにいくつか成果をあげていた。ワリンジャーから宇宙間ゾンデで送られてきた評価結果を見て、アルコン人の顔が思わずほころぶ。周囲の世界から孤立した状態でデータ評価に全神経を集中させるテラナーの姿が思い浮かんだから。日常生活ではやや不器用なところのある長身の男を、かれは友としても科学者としても尊重し、〝最後の天才〟と呼んだこともあるくらいだ。ジェフリー・ワリンジャーは、複雑な関連性を直観的に見ぬく生来の才能をそなえている。〝丸太〟の問題も、かれなら解明できるのではないか。なぜなら、かれの天才性は、任務遂行に向けての強固な意志および、おさえがたい楽観主義と結び合わさっているからだ。

〝丸太〟へのアルコン人の興味は、いつしか違った性質を帯びていた。この物体がどこからきたのか、ここから異宇宙についての知識が得られるのではないかといったことは、どうでもよかった。〝丸太〟出現の直前、ドリフェルに奇妙な動きがあらわれはじめた。ドリフェル・ステーションでは高周波ハイパー放射の噴出が確認され、コスモヌクレオチド内部のプシオン情報量子は混乱した動きを見せた。当時、ネットウォーカーたちは、劇的な出来ごとが目前に迫っていると予測したもの。

とはいえ……〝丸太〟の出現は実際にそれほど劇的ではなかった。ただし、〝丸太〟がプシオン・ネットに引き起こした混乱のために、ゲシールとペリー・ローダンの娘であるエイレーネが異惑星に押し流され、永遠の戦士イジャルコルの手下につかまったことをのぞけば。ローダンはそちらへおもむいて娘を救いださねばならず、あやうく戦士の犠牲となるところだった。

もちろん、これは大変な出来ごとだった。だが、人間の領域におけるドラマだ。それをのぞけば、〝丸太〟は独特かつ危険な構造物であるとはいえ、ネットウォーカーが危惧するほどのものではない。

ドリフェルの騒乱が〝丸太〟の到来を予告するためのシグナルでなかったら、の話だが。そして、五カ月以上前のあの日からずっとつづく騒乱が、〝丸太〟の出現がもっと大きな事件の前触れにすぎないことを意味するのでなかったら。

ネットウォーカーたちは、ドリフェルを見守ることをみずからの任務とした。コスモヌクレオチドは宇宙のモラルコードの構成要素だが、モラルコードがどのように機能するのか、どの法則にしたがって宇宙の発展に寄与するのかといったことをネットウォーカーたちは知らない。それでも、いかなる宇宙的勢力の操作も受けないように守護する価値のあるものだとみなしているのだ。話によると、モラルコードは二重らせんのかたちで宇宙全体を貫いているという。ネットウォーカーの守備範囲はとてもそこまではとどかない。かれらの関心がいかに気高いものであろうと、いかんせん二重らせんのわずかな一部に絞りこむしかなかった……それが、ドリフェルという名のコスモヌクレオチドなのだ。

過去のネットウォーカーは、外部の攻撃からドリフェルを守る活動で何度か大きな成果をあげてきた。コスモクラート、カオタークス、その他の宇宙的勢力は、自分たちの都合に合わせてコスモヌクレオチドの活動に影響をあたえることができなくなった。アトランの時代よりはるかに前のことだ。過去数千年間、ネットウォーカーの注意は、エスタルトゥ十二銀河を支配する永遠の戦士にますます集中していった。戦士たちの最優先関心事はプシオン・ネットを破壊することらしい。しかし、現在のかたちのプシオンネットは、すくなくともモラルコードの産物なので、保護する必要がある。そのため、ネットウォーカーは自動的に永遠の戦士の敵となっていた。

だが、現在コスモヌクレオチド内部で起きている騒乱が永遠の戦士と関係があるとか、ましてかれらが引き起こしたとは思われない。ここで進行しつつあるのは、完全に新しい出来ごとだとネットウォーカーは考えている。自然的な発展なのか、それともこれまで知られていない勢力がドリフェルに力をおよぼしているのかはわからない。確実なのは、コスモヌクレオチドに特別の注意をはらうべきだということ。

アトランがここにきたのもそのためだ。《カルミナ》を外に係留し、カプセルでドリフェル・ゲートに向かうつもりでいた。グリーンの背景照明と明滅するプシオン情報量子数百万個に満たされた、独特の空間のなかへ飛行していくことになる。カプセルに付属するエンジンおよびナビゲーション・システムがどのように機能するのか理解できなくても、それらにたよりながら、有機体の理性には見ることも理解することもできない連続体の内部を操縦していくのだ。そこで観察してデータを集め、ドリフェル・ステーションに勤務する専門家が雑多な情報から論理的なものを導きだせることを期待して。

従来構造を持つ宇宙船と比較すると、ドリフェル・カプセルは印象的なマシンとはとてもいえない。長さ十五メートル、中央部分の厚さ八メートルで、継ぎ目のないライトグレイの金属におおわれている。《カルミナ》最下層にあるひろい格納庫におさめられ、確実な安全装置としてエネルギー・ブラケットが使われている。機首はどっしりとしたエアロック・ハッチのほうに向けられていた。ネットウォーカーが乗機するのを待って、そこを通過するのだ。

＊

アトランは、ネット・コンビネーションを着用している。宇宙防護服としてのフル機能のほか、サヴァイヴァル・システムを付加したネットウォーカーの標準服だ。宇宙ヘルメットは、作動中は全面透明な球となって着用者の頭をドーム状につつむが、いまは頸のまわりにたたまれている。携帯武器はパラライザーとニードル銃で、ニードル銃のほうはむしろ道具として使う。コンビネーションには、仲間内で俗に〝オルガン〟と呼ばれる装置も組みこまれていた。正式には〝ランダム・シントロン・パルス・イニシエーター〟、頭文字をとってRASPIとも呼ばれる。その機能は、ロボット物体との敵対的遭遇があった場合に、高エネルギーのシントロン・インパルスを放射してロボットの操縦・制御システムを故障または麻痺させることにある。

ドリフェル偵察飛行に武器を携帯するのは、結局のところ意味がない。コスモヌクレオチド内部には、ネットウォーカーが身を守らなければならない対象はなにもないからだ。それでも、組みこまれたオルガンはもちろんのこと、パラライザーやニードル銃も標準装備に属する。

アトランがカプセル操縦室の壁に向かって立つと、すぐさま友好的かつおだやかな声が聞こえてきた。意識に直接語りかけてくる感じだ。

「今回も準備はいいですか？」

「イエス」アルコン人が応じる。「ドリフェルが騒がしいのだ」

音声で語ることで、思考をより正確に表現できる気がした。

「搭乗してください」カプセルの声。

ライトグレイの機体の、機首と中央部のまんなかあたりに開口部ができた。空気のかすかなきらめきは、人工重力が存在するしるしだ。からだがやんわりと持ちあげられ、機体の開口部からエアロック室へと運ばれていく。ハッチが閉じ、目の前に細長い出入口が開いた。アトランが〝ナル〟と名づけたドリフェル・カプセル内部は空間節約型設計だ。機体の前部三分の一を占めるキャビンからも見てとれる。技術設備がぎっしりとならび、開けた場所は最前部しかない。設置されたジョイントシートは操縦士用だが、実際には操縦士というより乗客だ。カプセルの外殻は機首領域では透明で、操縦席からは立体角の半分以上が見える。

アルコン人はシートにゆったりと腰をおろした。目の前に制御装置や表示機器がまったくないのは、いつもながら奇妙に感じる。カプセル固有のコントロール・システムとの意思疎通は、音声またはメンタルの方法による。操縦士が必要とするデータ値は、自動的にか、またはリクエストに応じてスクリーンがあらわれ、そこにうつしだされる。

「出動準備はいいな」アトランがいうと、

「もちろんです」カプセルが応じた。「あなたの居室も用意してあります」

機首キャビンの奥の上部デッキにある居室は、せまさに関していえばドリフェル・ステーションにあるかれの宿所に負けていない。コスモヌクレオチド内部の探検飛行は数日かかることもあるので、操縦士の身体面のケアが必要なのだが。

「では、スタートする」と、アルコン人。

カプセルは動きだした。《カルミナ》の格納庫内が真空になると、エアロック・ハッチがスライドして開く。アトランの眼前に虚無空間の暗黒があらわれた。なにごともないかのようなプロセスに、今回もまた感心させられる。作戦行動に出発するというのに、そのスケールについても目標についてもおおまかなことしかわからない。いまやハイパー空間に入り、ほんのひと握りの生物しか体験したことのない冒険に出ようとしているが、〝スタートする〟と口にした以外には、なんの行動もしていない。出発の儀式はこの作戦行動の特異性を反映するはずなのに、短い言葉ですんでしまった。

カプセルは音もなく進んでいく。星のない虚無空間の暗黒を抜け、きらきらする色彩があふれんばかりに入り乱れるプシ空間にすみやかに移行する。《ナル》は巧みにプシオン・ネットに進入した。ドリフェル・ゲートは、きらめきながら飛び散る光からなるリングで、内部は暗黒が領している。いきいきと燃える色彩に満たされたプシ空間にある唯一の黒いしみは、ゲートを縁どる直径三光分のリングだ。

アトランにはすでになじみの光景である。はじめてドリフェル内部に宙航したのは十年以上前、ネットウォーカーになって五年とたたないころだった。まだだれもコスモヌクレオチド内部を訪れたことがなかった当時、要請を受けたのだ。リング内部の暗黒が接近してくるのを見るたびに、疑問に思った。パフォーマンス好きなプシ空間の視覚メカニズムすら投影されないとは、ドリフェルを支配するのはどのような力なのか、と。

きらめくリングがひろがっていく。《ナル》はプシ空間の条件に合わせ、のんびりとした速度で移動する。乗員の想像力にとってはおそらく永遠に不可解な、特異な領域に侵入するのをためらうように。アトランはシートの肘かけに腕をのせ、銅像のように動かない。目の前にあるのは真っ暗闇だ。きらめくリングのへりが、スクリーン上端をこえてさらにひろがっていく。プシ空間の彩り豊かな光は下方に沈んだ。眼前にあるのは未知の領域。いまや、まっしぐらにそこに向かっている。

「なかに入ります」《ナル》が告げた。この状況で通常するように、音声を使って。

アルコン人は目を閉じた。この敷居をこえるときはいつも、向こう側で出会うものに対して不安をおぼえる。ヌクレオチド内部を管理する未知の力に恐怖をいだき、死すべき運命の者が大胆にも神々に留保された領域に入っていくような感じがした。何度ドリフェル内部に飛行しても、畏敬の念を感じる。この気持ちがなくなることはあるまい。神々はおのれの帝国を守る、と、アルコンの神話にもある。その帝国との境いを懲《こ》りずに侵す冒瀆《ぼうとく》的な侵入者に対して、神々は忍耐力を持つのだろうが、いつかは忍耐もつきるのではないか。いつか、侵入者に襲撃をしかけるのではないか。

「到着しました」と、カプセルの声が告げる。

アトランが目を開くと……すべてが変化していた。

＊

宇宙がグリーンに染まっている。過去の時代にあった、蛍光物質でコーティングされた端末機器が思いだされた。このグリーンはハイパー空間の背景光、コスモヌクレオチド内部の色だ。グリーンはアトランにとって、つねに神秘的かつ不可解なものを意味する色であった。深い淵を見ると戦慄をおぼえる。そのひろがりは可視性にとらわれない尺度ではかられるため、理性では理解できないからだ。

グリーンの深い淵は、固定しているわけでも生命がないわけでもない。光をはなつ背景の手前に、数えきれないほどの多彩色の光点が飛びまわっている。大きさや色はまちまちで、完全に不規則なかたちの光点……これがプシク、プシオン情報量子なのだ。プシクの総体には、起こりうるいくつもの未来が保存されている。情報を受けとるために不規則な間隔でならぶメッセンジャーに、ドリフェルが持つ多数の発展可能性のどれを提供するかは、モラルコードに沿って作用する力にかかっているのだ。

プシクはたえまなく動きつづける。巨大な炎が気まぐれな風によってめちゃくちゃに乱され、そこから飛び散る火花がたがいにぶつかり合うように。二個や三個ではない。数十個、ときには数百個がぶつかり、輝くボールが瞬間的に形成されては、また散ってはなれていく。プシオン力がはたらき、起こりうる未来の映像をつくりだそうとしているのだ。だが、プシクの確率論的衝突によって形成される映像には同意が得られない。そこで、合流してはまた飛び散ることをさらにくりかえす。もとめるものを見つけるまで……それがなんであるかにかかわらず。

プシオン情報量子は、アトランがこれまでに見たよりはるかにはげしく活動していた。プシクが非常に速く飛びまわっているというのは、視覚から判断できる数すくないことのひとつだったが、いい兆候なのか悪い兆候なのかはわからない。だが、グリーンの背景の前でめちゃくちゃに飛ぶプシクのせわしなさに不安をおぼえた。

「概算の計測値が出ました」《ナル》が報告する。「プシクの平均移動速度は前回とくらべて三十パーセント上昇、自由運動の平均値はわずかに低下しています」

透明なカプセル外殻の前にあるスクリーンに、相応する数値がうつしだされた。プシクは明らかに気体分子と照応していると思われた。温度上昇に応じて速度があがっている。自由運動……つまり、プシクがほかのプシクに衝突するまでの平均的な移動距離……の低下は、圧力の上昇と類推される。

「ここから導きだせる結論は？」アルコン人がたずねる。

「その質問に答えられないことはおわかりでしょう」音響によるものでもメンタル性であっても、《ナル》の声はいつも友好的だが、ときどきかすかな感情の動きがまじることもある。たとえば、いまの場合のように皮肉めいた感じなどだ。「無作法ないい方を許していただけるなら、わたしはあなたと同様におろかなので。観察、測定、記録はしますが……評価したり結論を出したりはできません」

こんどはメンタル性の声で伝えてきた。アトランの意識の一部であるかのように話す。こうした会話法はすでに知っている。数千年前にアルク・スミアに合格して以来、それまで使われていなかった脳セクターである付帯脳を持つようになったからだ。かれの付帯脳は、活性化のプロセスで独立知性に進化していた。

これも、コスモヌクレオチド内部に滞在するための条件だ。操縦士とマシンの精神の統一性、つまりネットウォーカーとカプセル操縦エレメント中枢のメンタル性連携が必要となる。ハイパー空間の敵対的環境で生きのびるチャンスを持つのはこの統一体だけだから、二者は融合する。

統一体といっても、同等とは違う。カプセルの中央プシオニクスをかんたんにカプセルの〝意識〟と呼ぶが、この内部の機能は非常に複雑で進行が速いので、有機体の理性には関与できない。アトランにできるのは、《ナル》が望むときにその意識を読むことだけ。このときは、かれに理解できるように思考プロセスが緩慢になり、単純な軌道をとる。その一方で、かれの思考はカプセルの精神の目にとって開かれた本と同じで楽々と読める……メンタル安定人間であるにもかかわらず！

このプシオン性マシンと有機生命体が統合することにより、広大なハイパー空間で迷わず目標を追うことができ、有害な非因果性の流れを回避できる唯一の構造物が生まれるのだ。プシオン性マシンの迅速かつ複雑な思考が、有機生命体の直観力を補完する。生物とマシンの連合の安定性は障害に弱い。また、有機体の持つデメリットもある。かれにもとめられるのは精神的バランスと決定力だ。一方、マシンはその性質から平静さにかけては模範的だが、独自の決定をもとめられるのは例外的なケースにかぎられる。

アトランは、自分の弱みをよくわきまえていた。ドリフェル内部の出来ごとが不穏になればなるほど、精神的バランスが失われていく。プシクがはげしく飛びまわるのを見て気持ちが不安定になる。たえず踊り狂う情報量子の流れがつくりだす未来に不安をおぼえた。このままつづけば、平静さの欠如がひどくなり、いつかコスモヌクレオチド内部に宙航できないときがくるかもしれない。

それでもなお活動をつづければ、過去数千年間に二十名以上のネットウォーカーにあたえられた運命に近づくことになる。かれらはプシクの流れのなかで失われた。非因果性の犠牲となり、行方不明になったのだ。ネットウォーカーの連合ができた初期にはかれらを捜索したが、行方不明の友への気づかいから捜索者の平静さが失われ、みずから危険におちいることになった。しかも、捜索はすべて失敗に終わった。

ネットウォーカーたちは、そこからふたつの結論を出した。ひとつ、行方不明者の捜索は今後いっさいおこなわないこと。ふたつ、ドリフェル内部で探索活動をおこなうのは、高い精神安定性を証明した者だけにかぎること。

このような状況だったので、アトランには、おのれとカプセルへの責任をになえなくなる限界がもはや遠くはないことはわかっていた。そうなればコスモヌクレオチド内部への旅はおしまいになる。

「問題はただひとつ」沈む思いでいう。「無知の者にのこされた唯一の希望は奇蹟だ。たとえば、このカオスのなかに突然、意義をあたえることができるような奇蹟」

「あなたの失望が感じられます、友よ」《ナル》が応じる。「失望する理由はありません。モラルコードの機能のしかたは不透明で謎めいていますが、悪ではない。混乱した気持ちにとらわれれば、われわれ双方に危険がおよびます」

言葉にひそむ警告を聞きとり、アトランは気を引きしめた。数千年の人生で身についた克己心で、はたすべき任務に精神を集中させる。

「なにをしたらいい？」と、たずねる。「われわれが特別な注意を向けなければならないプロセスはどこで起こっている？」

透明な機首を通して見える光景が変化した。ハイパー空間の視覚的印象は、カプセルの技術性能と関係する秘密事項のひとつだ。背景が接近してくるように見え、前景にあるプシクの群れはあわてて散っていく。《ナル》がまんなかに突っこんで進むかのように。実際にそうしているのかもしれない……だれにわかるものか！

「ヌクレオチドの壁付近における情報量子の擬似安定配列です」《ナル》が返答した。「引きわたし準備のできた情報連鎖体が形成されているのかもしれません。あそこを確認するべきでしょう」

〝ヌクレオチドの壁〟とは、ネットウォーカーたちがドリフェルでの体験を重ねるうちにできた補助概念だ。四次元連続体の境界面を定義するだけでもむずかしいのに……なぜなら、不可視であるためだ……五次元構造物であるコスモヌクレオチドの周縁には、基礎となるものがまったくない。ドリフェルにたくわえられた情報を受けとり、宇宙のどこかで新しい展開を起こすメッセンジャーは、周縁の〝外側〟からくる。メッセンジャーが内容をコピイするべきプシオン情報量子は、〝内側〟にぴっしりとならぶ。有機生命体のメンタリティにしたがえば、内側と外側のあいだに境界があるはずだと考えられる。この境界を、かれは周縁すなわち〝壁〟と名づけた。具体的なことはなにも想像できないけれども。

「壁に接近飛行する」アトランは決心した。「ドリフェルに情報引きわたしの準備があるなら、知る必要がある」

「了解。すでにそちらに向かっています」《ナル》が応じる。

その瞬間、静寂が破られた。かたいものがこすれ合うかぶつかり合う音がして、アルコン人は思わず立ちあがった。機首キャビンを満たす雑多な装置類がじゃまになってよく見えない。すると、後方でなにかが動いた。上部デッキに通じる反重力シャフトの出入口付近だ。

凝視するアトランの目が、驚愕に大きく見開かれた。反重力シャフト出入口の周囲にならぶ一連の装置のあいだに、寝ぼけたようにゆらゆら揺れる姿が見えたのだ。

「注意！」《ナル》が警告する。「不安定化の危険があります」

アトランは注意をはらわない。驚きが大きすぎた。

「エイレーネ……！」啞然としていった。

2

ほんとうにエイレーネだった。眠そうに目を手でこすっている。上階のせまいキャビンで居眠りするほかにすることがなかったかのようだ。困惑してどうしていいかわからないようすを見て、アトランの怒りはほとんど消えかかった。

「どうやってここにきた？」かれはたずねた。

エイレーネは思いきりあくびして、からだを伸ばす。アトランの怒りがまた膨《ふく》らむ。これではほんとうに責任感のかけらもないティーンエイジャーではないか。調子に乗ってドリフェルへ探検に行きたいと思いつき、興奮のあまり、冒険がはじまったとたんに疲れて居眠りするとは。

「けっこう大変だったわ」彼女は答えながら目をこする。「乗機したとき、なかば意識がなかったから。歩くのもやっとで、機内にもぐりこんでからあなたのベッドに横になったの」

彼女の話し方は、アルコン人の怒りをやわらげるものではなかった。

「《ナル》……！」立腹して呼びかける。

「わたしはなにも知りません」カプセルが応じる。「どのようにして起きたのか、説明できないので」

アトランはエイレーネに歩みより、

「なにをしでかしたか、わかっているのか？」と、叱りつけた。「きみのせいでわれわれふたりとカプセルがどんな状況におちいるか、想像がつくか？」

エイレーネは乱暴につかまれて、眠気ののこりが吹っ飛んだらしい。つかまれた手をほどこうともせず、おちついて答える。

「いま大きな間違いをおかしているのはあなただわ。興奮する理由はないもの」

「理由はないだと……」怒りのあまり、言葉がつづかない。

「ないわ」少女は断言する。「それどころか、おちつきをなくさないことが重要なのよ」つかまれていない手を前にあげて機首の壁をさししめす。「見て、あそこ！」

アトランが振り向くと、飛びまわるプシクはなくなっていた。かわりに、一列にならんだ光点が視野を左から右へと移動していく。この光景を見てなぜ違和感をおぼえるのか、自分でもわからない。すでに何度も体験したことなのに。プシクが情報を引きわたすためにならんだとき、このように見えるのだ。

そのとき、違和感の原因がわかった。チェーン状にならんだ情報量子に向かって、カプセルが驚くべき高速で接近していたのだ。多彩色の光点は三次元構造物となり、マシンにおおいかぶさってくる観がある。プシクの周辺部分の輪郭がぼやけ、表面の物体は蒸発していく。

「《ナル》！」なすすべもなく呼びかける。

「もうできることはありません」

感情がなく、よそよそしく、友好性のかけらも感じられない声。アトランがカプセルと知り合って以来、はじめてのことだった。

「墜落していくではないか！」

「わたしには阻止できません。あなたの失敗です」

ついに最後の怒りが燃えあがった。二分前に思いがけずあらわれた少女に向きなおる。どなりつけたかった。子供じみた悪ふざけがとんでもない災《わざわ》いを引き起こしたことを、とがめてやりたい。

エイレーネの大きな目が、冷ややかさとおちつきをたたえて見かえしてくる。アトランは口を開いたが、言葉にならない。目の前に立つ人物はもはや子供ではないのだ。エイレーネの視線から名状しがたい智恵が語りかけてくる。かれの怒りは霧消し、

「なぜこんなことを？」と、短くたずねただけだった。

プシクがカプセルに衝突してくるのが視野のすみに見える。いまや、回避不能な死の

奈落が迫っているのだろうか。

エイレーネの声が夢のなかのように響いてきた。ドリフェル・ステーションで聞いたのと同じ言葉をくりかえす。

「予感がしたの。わたし、役にたてるんじゃないかって」

それからカオスが襲ってきた。

＊

カプセルは、大洋の荒波にもまれる小舟さながらに上下左右に揺さぶられた。支えを失ったアトランは、立ちならぶ装置類に衝突する。次の瞬間、左上腕をぐいとつかまれた。驚いたことに、エイレーネが助けにきたのだ。すんなりとした少女のからだが持つとは思えない力で、アルコン人を助け起こす。

「シートなら安全だわ」と、早口にいう。

カプセル外殻がきしみ、アトランがエイレーネの助言にしたがおうとしたところで、床がせりあがってきた。倒れかけたアルコン人に、またしても少女が手を貸して支える。照明が明滅し、フロントガラスの前で赤黒い物体がちかちかしながら踊るように動いている……《ナル》はそこに向かって突進していく。

アトランはシートの輪郭に手で触れ、エイレーネのからだをつかんで引きよせると、自分の横にいっしょにすわらせた。心地よくすわれるようしつらえられたシートとはいえ、ふたりですわればせまい。

「《ナル》！」と、呼びかける。

「しずかに！」カプセルが応じる。前回より打ち解けた声音《こわね》になっている。「できることをやっています」

ほのかに光るライン二本が虚無からあらわれ、シートにすわるふたりのからだの上に置かれた。エネルギー・ハーネスだ。横揺れ、縦揺れともにますますはげしくなる。アトランはシートのクッションに深くからだを押しつけ、エイレーネもいっしょに深くすわらせた。からだが高く持ちあげられる感覚があり、胃が腸に向かって圧迫されたかと思うと、ふたたび急降下して頭がくらくらした。めちゃくちゃに揺さぶられる感じがする。照明は完全に消えた。フロントガラスの前に赤みがかったグレイの塊りが、泡だちながら波状に起伏している。すぐ間近にあるように見える。高速に回転する渦があらわれ、また消えた。なにかが勢いよく噴きあがり、カプセルをのみこもうとする。

アルコン人の頭ががくんと横に引っ張られ、頸が折れたかと思った。

〈その姿はなかなか見ものだな〉

付帯脳だ！　よりによってこんなときに口を出すとは。だが、嘲笑的なコメントには意図されたとおりの効果があった。アトランはからだにかかる圧力に抵抗し、頸をシートの背もたれに押しつけて身を支えた。レッドグレイの塊りがはなつ弱々しい光のなか、エイレーネがシートにしっかり固定されているのを見て安堵する。激烈な揺れだというのに、彼女にはそれほどこたえていないらしい。

「心配無用よ」エイレーネは騒音をものともせず、呼びかけてきた。「もうすぐ終わるわ」

笑いだしそうになったが、ふいに推力が変化したため、快活さは喉の奥に押しもどされた。ドリフェル内部で行方不明になったネットウォーカーのことを、少女は知らないのだろうか？ カプセルがひとたびコースを失えばもはや希望はないということを、だれも話して聞かせなかったのか？ 彼女の自信はどこからくる？

レッドグレイの壁は、いまやカプセルのすぐそばまで迫っている。赤い色彩は弱まってかすかになり、ほとんどグレイで……しかも醜い。驚いたことに、壁に開口部ができた。ほんの一瞬、下方に森や川のある風景が見えた気がした。まっすぐな境界線の向こうの土地は耕作地としか思えない。次の瞬間に風景は消えた。カプセルは機体を上下左右に揺らしながらグレイの塊りのなかに突入していく。アトランはエイレーネの手をとった。これで終わりだ！ ドリフェル内で道に迷ったネットウォーカーたちは、このようにして死を迎えたのだ。

「あそこ、見て！」

エイレーネの高い声は興奮に満ちている。死を覚悟してそれまで目を閉じていたアルコン人の理性は、眼前の光景にたじろいだ。

先ほどの風景がもどってきたのだ！　樹木におおわれた山々、緑の平原、整然と区画された耕作地と広大な牧草地。山々から流れくだり、平原で蛇行する河川。それから……道路や、まぎれもなく知性体の住む居住区の輪郭。

風景全体の上方に、善意の恒星らしきおだやかな姿がある！　前方を見ると、青空がひろがり、白い積雲が綿菓子のように浮かんでいた。アトランは前かがみになってできるだけ視野をひろげ、《ナル》がいましがた突入したはずのグレイの塊りを探す。

グレイの物体はどこにもない。カプセルは夏の空をゆったりと進みながら、しだいに速度と高度を落としていく。

「《ナル》、これはなんだ？」アトランがたずねた。思いがけない光景にまだ茫然としている。

「こちらも答えを知りたいところです」カプセルが音響で応じる。「推測しかできませんが、われわれ、方向感覚を失い、ハイパー空間から吐きだされたようです。いまいるのは四次元の擬似現実、ドリフェルが宇宙に提供する起こりうる未来のひとつと思われます」

「あの山脈、見たことある気がするわ」エイレーネは興奮していった。

アトランは彼女の言葉を聞いていなかった。

「どうしたらいい？　どうすればハイパー空間にもどれる？」

「わたしの知識はあなた以上ではないので、アドバイスできません」《ナル》が応じる。「あなた同様、わたしにとっても完全に新しい状況なので。ドリフェル内部で消えたネットウォーカーの話はご存じですね。われわれも同じ運命かもしれません。二度ともどれないのではないかと」

「着陸！　着陸して！」エイレーネが声を張りあげる。「できるだけ山脈の近くに」

「指示とみなしていいですか？」カプセルがたずねた。

「彼女のいうとおりにしてくれ」アトランが応じる。「ネットウォーカー全員を合わせたより、彼女のほうがこのカオスを熟知しているのではないかと感じることがある」

《ナル》はコースをわずかに修正して山脈に向かう。アトランは思考した。いまが正午と仮定し、ここの状況がアルコンまたはテラと同様と考えれば、われわれは北方に向かっている。

黄色がかった白い恒星が天空高くに位置している。カプセルは、合流する河川二本にはさまれた土地にある居住区の上空を通過していく。高度五百メートルのところで、建物からほとんど影が出ていないのが確認された。恒星はほぼ天頂にあるらしい。

もうひとつ気づいたのは、居住区が住民に見捨てられていることだ。陽光に照らされた道路に動くものはない。二本の河川では水が緩慢に流れていく。なめらかな水面に乗り物のシュプールはない。

そのとき、驚くべきことが起きた。

「もうだめです」と、《ナル》が告げたのだ。

アトランはからだを伸ばす。

「だめとは……なにが？」

「エネルギー欠乏です」カプセルが説明する。「可及的すみやかに着陸します」

カプセルは垂直下降していく。山脈の南端まで三十キロメートルくらいだろうか。河川二本はそこから南にしばらく行ったところで合流し、はさまれた部分が居住区になっている。カプセルは、片方の川岸の幅ひろい砂地に向かっていく。

砂地とはいえ、かなりのハードランディングだった。カプセルは地面に衝突して跳ねかえり、もう一度強く地面を打った。外殻はめりめりと音をたて、照明が点灯する。衝突でとぎれた接触がまた一瞬つながったかのように。

それから静寂が訪れた。

「なんとか着地してくれて助かった」と、アルコン人。

カプセルから返事はない。

「《ナル》……？」

エイレーネがアトランの腕に手をかけた。シートから落ちないためのエネルギー・ハーネスは消えている。

「エネルギー欠乏っていってたでしょ。だからもう答えられないわ」

アルコン人はいぶかしげに少女を見た。自分なら息がとまるほどの特殊きわまりない状況を、なんの苦もなく受け入れる習慣が彼女にはあるのだろうか。

「では、どうしたらいい？」なすすべもない気持ちで訊く。

「外に出ましょう」エイレーネが応じる。「なかにいたんじゃ、これからなにが起きるかわからないもの」

提案は理にかなっていると思われた。アトランは、機首キャビンの背後にある、エアロックに通じるハッチに向かう。《ナル》が機能不全であることを思いだし、いっそうとほうにくれた。カプセルがすべてやるので、手を使ってなにかを作動させたことはないのだ。ハッチのスイッチに触れたことは一度もない。手動操作のためのスイッチがどこにあるのかも知らないことに気づき、困惑すると同時に面目なく感じた。

こんども、かれを狼狽《ろうばい》から救ったのはエイレーネだった。

「もちろん、楽にとどく場所にあるはず」アトランの思考を読んだようにいい、「たとえば、ここかな」

ハッチの左側の壁に触れた。パネル材の一部が横にスライドし、単純な調整ハンドルがあらわれた。手でかんたんにまわすと、ハッチが開く。エアロック室はふたりが入るにはせますぎる。それでもエイレーネは内側ハッチがきちんと閉じるようがんばった。外界の大気組成はまだわからない。着陸の数分前に《ナル》が提供したデータはほんのわずかだったから。異惑星はテラとよく似ているから呼吸可能な大気圏があるはずだという観察結果だけでは、充分とはいえないのだ。

ふたりはヘルメットを閉じ、エイレーネが内側ハッチと同じ方法で外側ハッチを開く。ぎらぎらする陽光が照りつけてきた。ネット・コンビネーションのシントロニクスが最初のデータを検出してヘルメット内側にうつしだす。大気は文句なしに呼吸可能と証明された。生存微生物の暫定的分析から危険な要素はなく、外気温は摂氏四十三度だ。

エアロック室のせまさにもかかわらず、アトランは外に出るのをしばらくためらった。眼前に見る土地は、先ほどとは違う印象がある。上空からみずみずしく見えた緑の牧草地は、実際には褐色がかっており、なかば干からびている。川に水はわずかしかなく、川岸の砂地に動物の死体がころがっている。テラに生息するノロジカくらいの大きさで六本の脚を持つ。鱗《うろこ》のある皮膚や、鉤爪を持つ足指のあいだに水かきがあることから、爬虫類ないし両生類に属すると思われた。だが、アルコン人の興味を引いたのはそのことではない。死体は乾燥し、皮膚が骨にくっついているのだ。文字どおり干あがったのだろう……命を救う細流のわずか数メートル手前で。

グラヴォ・パックをオンにする。通常なら発生するエアロックから地面までの人工重力が存在しないのだ。《ナル》のエネルギーがなくなった理由を調査しなければならない。

かれはゆっくりと降下し、水ぎわにおりたった。エイレーネがそれにつづく。意思疎通はヘルメット・テレカムだ。エイレーネが一方向に注意を向けた。アトランはそちらが北であることを確認する。

「この山脈、見たことある気がするわ」と、エイレーネ。

アトランは、着陸前にも似たようなコメントを耳にしたことを思いだした。

「あそこの切れこみ、見える?」エイレーネがつづける。「ああいう特徴のあるかたち、一度見たら忘れないわ。ただ、そのときは反対側から見たの」

「それなら、ここはどこだ?」アトランが訊く。

「どこだったかしら……」エイレーネは小声でつぶやく。

答えを聞くことはなかった。かれは質問しながら向きを変え、五十メートル先に停止している《ナル》を眺めて考えこんだ。すると、カプセルの輪郭がぼやけていく。変化は目をみはるほどの速さで進んだ。小型機の内壁が透明になり、機首キャビン内の技術設備が見えたのは十分の一秒間で、やがてそれらも透明になって消えた。あまりにも急速に進行したので、驚愕のあまり声も出なかった。カプセルはたったの一秒で完全に消えた。まさに目の前で霧消したのだ。

エイレーネはまだ山脈のほうを見ている。アトランはその肩に触れたが、舌が萎えて動かない。やっとひと言だけ絞りだす。

「《ナル》が……」

エイレーネはかれのいいたいことを理解しないらしい。美しい顔がさっと輝く。

「わかったわ！」興奮した声でいった。「パイリアよ！　ここは惑星パイリアだわ！」

＊

このような状況でなければ、センセーショナルな発見となっただろう。シオム・ソム銀河の巨大凪《なぎ》ゾーンの辺縁に位置する、テラナー門を持つ惑星パイリアが、コスモヌクレオチドの内部にあるとだれが想像するだろうか？

だが、もうひとつの事実のほうが重大だった。カプセルが消えたのだ！　最初の瞬間、エイレーネも驚愕した。ドリフェル内部の概観できない広野でコースからはずれたネットウォーカーの運命が、徐々に完結しようとしている。かれらがいま地表にいる惑星は、真のパイリアではない。ドリフェルが考えだした起こりうる未来の構成要素、つまりプロジェクションなのだ。ここからサバルやドリフェル・ステーションにもどる方法はない。カプセルに乗機していれば話はべつだが。

しかし、カプセルは失われた。

それでもエイレーネの驚愕は長くはつづかず、驚くほどすばやく心のバランスをとりもどした。なぜなのか？　危険を本気にしない若者の持つ無頓着さのせいか……それとも、アルコン人にはかくされた知識を少女は持っているのか？

「《ナル》はまたあらわれるわ」エイレーネは断言した。「わたしたちがぜんぜん予測しないときに突然、目の前に出現する」

「きみの楽観性がうらやましい」アトランはむっつりと応じる。だが、エイレーネの希望が実現しなければ、のこる可能性は、よくて架空世界への永遠の追放で、最悪の場合は死が待っている。エイレーネの予言に対して不機嫌に反応したことを後悔し、有和的《ゆうわ》にいいそえる。「誤った希望を持ってほしくないだけだ。人生ののこりをここですごすほかあるまいと考えるほうがずっと現実的だろう」

「なんていやな展望かしら！」エイレーネは声高《こわだか》にいい、わざとらしくぞっとした表情をつくる。その目がいたずらっぽくきらりと光った。「とくに、あなたにとっては」

アトランは思わず胸に手を当てた。薄いがまず破れることのないネット・コンビネーションの生地の下に、相対的不死を保証する細胞活性装置がある。深淵への遠征やヴァジェンダでの冒険のさい、装置はひとりでに胸骨のすぐそばに移動してからだの一部となった。のこったのは、きれいに切断されたチェーンだけ。最初のうち、かれは心配したもの。深淵は理解を超える異質な力に支配されている。異質な力が細胞活性装置にはたらきかけて新しい場所に移動させたのだとすると、その機能にも影響をあたえられるではないか！　だが、それは杞憂《きゆう》で、装置はいまもなお申しぶんなく機能している。

エイレーネの冷やかしはもっともなこと。人生ののこり……不死の運命をあたえられた者にとって、このフレーズはどれほどの意味を持つだろうか？

かれは、明白な事実を思いかえす。いくら望みのない状況とはいえ、ここでじっとしているわけにはいかない。運命に抵抗する権利および義務があるのだから。自分たちのいるのはドリフェルの内部で、コスモヌクレオチドに内在するプシクはプシオン・エネルギーからなる構造物だが、強力なプシオン・エネルギー源はパイリアにも存在する。テラナー門だ。シオム・ソム銀河の凪ゾーン内の交通を可能にする大型転送機ステーションのひとつである。自分とエイレーネを現状から解放するために門のエネルギーをどうやって動員すればいいか、それはまだ思いつかないが、川岸の砂地にいてもあらたな知識を得られないことは明らかだ。門を訪れなくては。ナックの門管理者のだれかと接触することになると考えられる。紋章の門内におけるプシオン・エネルギーのはたらきをだれよりもよく理解するのがナック種族だから。もしかすると、そこから援助が得られるかもしれない。

アトランはその考えをエイレーネに伝えた。

「もちろん、そうしましょう」少女はほがらかにいった。「パイルカドまで飛ぶのよ。パイリアの首都は山脈の反対側だわ。だからこの切りこみをおぼえていたんだもの。テラナー門のある谷のはしっこよ」

ふたりはグラヴォ・パックをベクトリングしてから出発した。

＊

アトランがネットウォーカーの任務をはじめて十五年以上たつが、惑星パイリアを訪れたことはない。パイリアの属するザートラ星系は、たとえ辺縁とはいえ、ネットウォーカーの概念では明らかに巨大凪ゾーンの内部に位置する。凪ゾーンには、エネルプシ船の移動や個体ジャンプを可能にするプシオン・ネットを構成するラインが存在しない。だが、かれがこれまでパイリアを訪れなかったのはそのためではない。パイリアにこなければならない任務がなかったのだ。というのも、エスタルトゥのほかの住民と同様、ネットウォーカーにもプシオン・ネットのない地域を移動する方法はあるのだから。

かれは、パイリアについてのデータをシントロニクスから引きだしはじめた。荒涼とした土地や、ちいさな居住区の大部分が無人であることが腑に落ちなかったからだ。架空のパイリアと真のパイリアには、多くの観点から相違があると確信していたが、相違が実際にどこにあるのか、シントロニクスから聞きだそうと思った。

だが、エイレーネのほうが調査結果より先だった。彼女はすでにパイリアにきたことがある……〝丸太〟出現の影響でプシオン・ネットのなかで迷子になり、最後は法典守護者ドクレドの手に落ちたときに。

「ここ、暑すぎるわ」エイレーネがヘルメット・テレカムを通して話しかけてきた。「過去にこんなに暑かったことはないもの。見て……森林が乾ききっている！」

ふたりは高度二十メートルを移動していく。これなら、危険があれば最小時間で身をかくせる。ここ半時間で山脈がかなり間近になった。連山の麓《ふもと》に広大な森林地帯がのびている。《ナル》から見おろしたときは緑がみずみずしく見えたが、いまは非常に乾燥して、植物は枯死しかかっている。

「首都パイルカドの位置するスタルノム大陸北岸における夏の日中最高気温は三十二度」シントロニクスが告げる。「現在の気温は四十四度」

「例外的気候かもしれない」と、アトラン。「十二度のずれなら考えられる」

「そうとう大幅なずれです」シントロニクスが告げる。「この地域は現在、すくなくとも暦のうえでは真冬ですから」

パイルカドは亜熱帯ゾーンにあり、夏と冬の温度差は高緯度地域ほど極端ではない。それでも、シントロニクスに保存されたデータの数値と、いま周囲一帯を領する殺人的な暑さの差は、自然の一時的な気まぐれというには大きすぎる。

この地域はほとんど無人と推測されるが、それも経験値と矛盾する。パイルカド湾に隣接する山脈南麓《なんろく》は農業で繁栄しているはずなのに、そんなようすはまったくない。パイリア人は村を捨てて逃亡したらしい。だが、いったいどこに？

真のパイリアにはテレポート・ネットが敷かれていた。ネット・コンビネーションのセンサーにより、架空世界でネットのエネルギーの流れが出す散乱効果を探したが、見つからなかった。テレポートがないということ。これも重大な相違だ。ネットウォーカーたちが楽々とプシオン・ネットに入りこめる場所をしめす、半球状の発光現象をひそかに探す。だが、予想にたがわず見つからなかった。ただし、架空パイリアが巨大凪ゾーンの外にある可能性もあるのではないか……あるいは、擬似現実のこの平面では、そもそも凪ゾーンが存在しないということもありうる。

ふたりは山腹をのぼっていった。恒星ザートラはとっくに天頂を通過して沈もうとしているのに、外気温度は上昇していく。ネット・コンビネーションのセンサーは、山頂の向こうに位置するパイルカドから発せられるエネルギー散乱放射を感知した。ということは、首都はすくなくともまだ存在するわけだ。ひとつ奇妙なことに、紋章の門のプシオン装置に由来するインパルスがまだまったく計測されていない。

シントロニクスはそのあいだに、自発的にパイリア通信網の傍受を試みる。だが、従来式テレカム、ハイパー通信周波のどちらも異様にひっそりとしている。真のパイリアは、永遠の戦士イジャルコルの帝国に完全に統合された惑星であり、無数の恒星間通信の発信元であるとともに送信先でもある。それに対して架空パイリアは、通信技術のうえでは存在せず、宇宙のほかの部分から完全に孤立している。そればかりか、パイリア人同士も伝えることがあまりないらしい。

パイリア通信システムがとうとう反応したとき、あまりにふいのことだったので、金切り声を聞いてアトランはびくっとした。

「聞け、最終的勝利の名誉高き兄弟よ！」ソタルク語の甲高《かんだか》い声がいった。「まだ耳を持つ者は全員、聞くのだ！　今夜、永遠の戦士イジャルコルがわれわれに語りかける。もっとも偉大にして剛健な戦士が、ゴリム襲来に対する戦いの名誉について、われわれに語る。諸君の犠牲がむだではなかったことを、最終的勝利はわれわれのものであることを、ゴリムは永遠に破滅したことを、聞き知るのだ。こちらへ、兄弟姉妹よ！　町はずれの、紋章の門に通じる谷の入口で永遠の戦士の話を聞くのだ」

声はやみ、呼びかけはくりかえされない。話し慣れない発言者らしく、内容は整然としておらず、口調はかたくるしかった。エネルギー・マイクロフォン・リングを前にしてナーバスになったのだろうか。

しかし、内容は考えさせられるものだった。永遠の戦士とその信奉者たちは、ネットウォーカーをゴリムと呼んでいる。いまのアナウンスを信じるなら、この架空平面が代表する起こりうる未来では、恒久的葛藤の勢力がネットウォーカー組織をうまく撲滅したことになる。アルコン人は一語も漏らさずに聞きとった。この世界にたどりついたのは不幸な偶然ではなく、慈悲深い運命だった可能性はあるのか？　ネットウォーカーが敗北して永遠の戦士が勝利するという展開の一例の目撃者になれということなのか？　ネットウォーカーがこの平面でおかした過ちを認識して現実世界にもどり、同じ過ちをしないようはからえということか？　現在どのように行動すべきかを未来から学ぶ者として、自分が選ばれたということか？

ただの夢想だが、悪くない。自分の推測は現実からほど遠いとわかっていても、満足感とともに自信をあたえてくれる。時間パラドックスの危険すらおかしてこれほど直接的かつ決然と統治する運命の力はありえないのだから。

いずれにせよ、永遠の戦士のスピーチを聞けるだろう。かれが対ゴリム戦をどのように勝利に導いたのかを知るのは興味深い。パイリア人の犠牲といっていたが、荒涼とした土地や干からびた植生が関係あるのか？

エイレーネとアルコン人は山脈の切りこみを上昇していく。頂上に達する前に、靄《もや》のたちこめる大気のなかに紋章の門の輪郭があらわれた。谷底からそびえたつ高さ二千メートルのテラナー門は、ベトンと金属からなる巨大建造物だ。遠方まで照らしだすのは、戦士のシンボルである紋章の印の輝きである。中心点から三方向に伸びる三本の矢をかこむ三角形。かつては第三の道を象徴するエスタルトゥのシンボルと呼ばれていた。しかし、エスタルトゥのシンボルのはずはない。あるいは、本来の意味がとっくに失われたのか。なぜなら、エスタルトゥはもうここに存在しないから。五万年前に帝国から姿を消し、その遺産をエトゥスタルの進行役が相続して奪取したのだ。

ネットウォーカー二名は頂上に達した。かれらの視線は、巨大な紋章の門を素通りして下方の町に向けられる。その昔、惑星パイリアに首都として建設された大都市パイルカドだ。数百年前、すでに高度に発達していた文明に永遠の戦士イジャルコルが侵入し、ザートラ星系を巨大凪ゾーンに組みこむとともに、ソム人の法典守護者ドクレドを総督として配属した。パイルカドは弓状に長くつづく湾にそってひろがり、いくつもの旧中心街がある。山から流れ落ちてここで北海に注ぐ三つの河川それぞれの河口に、先史時代に建設された三つの居住区が融合して、ひとつの都市を形成したからだ。大都市は時とともに背後のなだらかな勾配の平原に拡大していった。そこは南方にせばまって谷となり、谷の入口に永遠の戦士が紋章の門を設置した。この町はパイリア人種族の心臓ともいえるのだ。

パイルカドはイジャルコルに征服される以前から世界主義だったが、きわめて重要な紋章の門の所在地となってからは、シオム・ソム銀河における全主要種族のるつぼに発展した。ソム人の姿はいたるところで見られるし、多数のガヴロン人も入植した。すべて商人からなるキュリマン種族の集団が居住し、オファラーの歌い手たちは娯楽施設で歌を披露して聴衆を甘い夢に誘いこむ。さらに、毛皮玉に似たすばしこいウルフォが道路を飛ぶように移動する姿すらときどき見かける。

すくなくとも、現実平面の都市ではそうだった。ここのようすが現実宇宙のパイルカドと大きく異なることは、エイレーネがひと目で見ぬいた。多数の地区が燃えている。谷の反対側で見えた靄はそのためだったのだ。青みがかったグレイの濃煙がゆらゆらとたちのぼり、海から吹きよせる強い風で飛び散っていく。火災の原因は見てとれないが、炎熱地獄のような高温のために個々の家屋が発火した可能性もある。だが、消火作業がまったくおこなわれていないことは、表面的にしか観察できない者にも明らかだ。

アトランは、なんの苦もなく燃焼中の六カ所を発見した。それらの周囲には人っ子ひとり見あたらない。パイリア人は消火にあたるより、火炎から逃げることにしたのだろう。

町は人口過多の状態にある。庭や公園や森林の干からびた植物のなかに埋もれた建物のあるところに、新しい居住地ができているのだ。テラなら無断居住者村と呼ばれる、大急ぎで建てた粗末な住居の集まりだ。小屋やテントばかりか、地面に板をたててかこんだだけの住みかが、町の周囲いたるところに数十万軒もできている。それらの占める面積は、町の実際の大きさを超えているのだ。

一見したところ、火災で燃えている地区の住民が避難したと思われるかもしれない。だが、軽く概算しただけで、そうではないことは明らかだ。町じたいは、二百万の住民が居住するよう設計されている。ところが、無断居住者村にはどう見てもその二倍以上が住んでいるし、火災から避難してきた者たちではない。かれらは山脈の南側の大平原の農民たちで、すべてをほうりだして首都に流れてきたのだ。だが、なぜだ？　干ばつのせいか？　永遠の戦士の言葉を聞きたいから？　だが、南部地域はもう何日も前から放棄されているように見えた。ラジオカムの放送によると、イジャルコルがパイリア人にスピーチをおこなうことは先ほどわかったようなのだが。

アトランは、どうしていいかわからなかった。説明できないことがたくさんありすぎる……擬似現実の領域にいるのはなぜかと考えても、やはりわからない。この耐えがたい高温はどこからくるのか？　スクリーン表示によると摂氏四十六度。恒星はすでに山脈に接近し、遅くとも三時間後には鋭いぎざぎざの稜線《りょうせん》の背後に沈むというのに。火が燃えるままほったらかされているのはなぜか？　火炎を鎮静させようとしないのはなぜか？　消火しなければ、町が全焼してしまうではないか。

とくに気になるのは、住民の移動がどのような意味を持つのかということ。

またしても、アルコン人の思考を読む能力があるかのように、エイレーネがいった。

「いますぐこの場で訊きまわらなければ、知ることはできないわね」

アトランはうなずき、

「だが、気をつけてくれ」と、警告する。「イジャルコルはネットウォーカーを打ち負かし、撲滅したと考えている。われわれの正体を知ったら、信奉者たちがどう反応するか、予測がつかない」

＊

熱気で顔がほてり、汗が滝のように頬を流れ落ちる。ふたりがヘルメットを開いたままにしているのは、閉じればいやでも注意を引いてしまうから。苦痛がひどくなると、家屋のアルコーヴなど人目を避けられる場所に入ってヘルメットを閉じる。空調システムから送られてくるひんやりとした空気を吸いこむために。

だが、目の前にいるのがネットウォーカーだと、出会う生物たちが思いついたとしても、危険となるかもしれない印象は受けない。エンジンつきの乗り物はないらしい。かれらが目にしたわずかの乗り物は、時代遅れでぽんこつに思われた。つい最近までここには実際にテレポート網があったのではないかと疑うほどだ。老朽化した乗り物は、どこかの博物館から持ちだしたのではないかと思ってしまう。歩行者もわずかで、ほとんどの住民は家ですごしているのだろう。居住区の空調設備など、都市技術の一部はまだ機能しているようだ。道路に出るのは、どうしてもその必要のある住民だけらしい。

歩行者の大部分はトカゲ生物を祖先に持つパイリア人だ。体質のおかげで他種族の住民たちより暑さに強いのだろう。パイリア人は、キチン質に似た物質からなるダークリーンの皮膚におおわれた蠕虫《ぜんちゅう》のようなからだを持つ。胴体と頭をつねに前傾させるのがかれらの特徴的な姿勢で、細いけれどもたくましい脚をひろげてバランスの悪いからだを支える。腕の先端は、大きな三本刃のはさみを持つ把握器官だ。頭部は典型的なトカゲ頭で、前に突きだした幅ひろい口部とひらたい額、目だたない顎を持つ。口は奥にあり、開口部は半月形に弧を描く。大人のこぶしくらい大きい目は強い印象をあたえる。数百個の複眼が集まったもので、恒星光をスペクトルのあらゆる色に反射する。

アトランとエイレーネは、半円をえがくように都市を迂回し、入江のほうから接近していく。町の南側辺縁部に住む無断居住者たちと話す前に、まずはパイルカドのようすが知りたい。道中に出会う歩行者は、かれらにすこしも注意をはらわなかった。

アトランは、いくぶんこざっぱりした印象の一パイリア人に話しかけた。

「やあ、兄弟」先ほど放送で聞いた素人っぽい発言者の言葉遣いをまねながら、「われわれ、外からきた者だ。町のことを……」

「最終的勝利だ」パイリア人はいった。アトランと同じくソタルク語を使い、おっくうそうに話す。「最終的勝利がじきにくる。それ以上はいえない。ほかのことはもう意味がない」

パイリア人はからだを前に大きくかたむけ、足を引きずるようにして去っていく。アトランと少女は目を見合わせた。

「暑さでまいっているんだわ」と、エイレーネ。「明瞭に思考できないようね」

ふたりは町の郊外に近づいていく。建物に記された築年は新しく、幅ひろい道路はきちんと整備されている。歩行者の数が多くなった。都会人たちは暑熱にもかかわらず家を出て、永遠の戦士イジャルコルがかれらに演説するという南部に向かっていく。アトランとエイレーネは通行者を避けて脇道に入った。住民たちは疲れはてたようすだが、それでも注意を喚起しないほうがいい。最終的勝利以外のことを考える余裕のある者がまだいるかもしれないから。

恒星は山脈の向こうに沈みはじめ、家々が道路に長い影を落とす。アトランはふと思って、暗くなりかけた空を見あげた。

かれは驚愕した。怪物の燃える目さながらに赤い光点がふたつ、自分に向けられているのだ。見ているあいだに、天空にあらたな光点が次々とあらわれ、膨張していくように見える。高熱に苦しむ惑星パイリアに跳びかかるかのように。

目の前の道路に建物の影が落ち、まっすぐな輪郭がくっきりと投影されている。ザートラは沈みかけているが、その力はまだほとんど衰えていない。それでも天空には多数の星々がどぎつい光をはなっている。ザートラのほとんど弱まらない光輝に照らされて。

このような状況でこれほどの輝きを見せるとは、どれほど強力な光源なのか？　このような星々のある夜空はいったいどんな様相なのか？

アトランの驚きに気がついて、エイレーネも空を見あげた。

「犠牲と最終的勝利っていっていたけれど、これのことかしら？」しずかな声でコメントする。

アルコン人は戦慄した。惑星パイリアの受ける残酷な運命がわかる気がした。パイリアだけではない。宇宙のこの領域全体なのだ！

＊

空が燃えあがる。

熱で焦《こ》がされた惑星の表面に、無数の星々からぎらぎらする光が降りそそぐ。おもな色は赤で、陰険なぎょろ目のように夜空から見おろしている。小屋やテントのある無断居住者村は昼間のように明るい。

宇宙は騒乱状態にある。巨大な恒星の赤は、非常に短期間に起こったにちがいない膨張プロセスから生じたもの。ザートラ付近にある恒星の輝度が午後の空にも目で見えるほどに高いのは、放射力の増加のせいではなく、その大きさのせいなのだ。恒星の温度は低下し、表面一平方メートル相当の放射はすでに弱まっている。ところが、同時にもとの大きさの一万倍ないし十万倍にまで膨らんだ。惑星パイリアに放射を浴びせてくるのは、ベテルギュースと同種の巨星だった。

宇宙は死んでしまう！

すくなくとも、擬似現実の平面にあるこの宇宙、つまりドリフェルが生みだした起りうる未来の宇宙は死ぬだろう。夜を明るく照らす恒星地獄を見て、アトランは畏怖の念にとらわれた。外部にあるサバルやドリフェル・ステーションでカプセルから送られてくるデータを評価する者たちにとって、この宇宙は擬似現実だ。しかし、エイレーネとアトランにとっては、この世界こそが現実。擬似現実宇宙が消滅すれば、かれらもいっしょに消滅することになる。

夜が訪れると、一時的に涼しくなった。気温がいくらかさがったおかげで、永遠の戦士の言葉を聞くためにやってきた数百万のパイリア人たちは最後の体力を振りしぼることなく移動できた。小屋やテントや衝立からなる大都市にいくらか活発な営みが生じた。しかし、ここに集まった生物たちはしずかにふるまっている。たいていは前方のもっとましな場所をとろうとしてむっつりと歩を進め、めったに話をしない。目につくのは、商業活動がないことだ。空腹や渇きを感じる者たちに飲み物や食品を売れば、大金を稼げるというのに。だが、商人はおらず、最終的勝利を祝うために集まった大衆は、会葬者のようにふるまっている。

燃える夜空を背景に、紋章の門の陰鬱《いんうつ》な輪郭が見える。門のずっと手前に演壇があるが、だれが設置したのかはわからない。午後、アトランとエイレーネが谷の上部から見おろしたときにはまだなかった。しかし、これほど大きく重い構造物を短時間に運びこむだけのエネルギーが、パイルカドの住民にあるとは思えない。おそらく戦士みずから完全自動技術を使って設置したのだろう。

エイレーネとアルコン人は、わずかに隆起した場所に腰をおろした。植物におおわれた周囲より一メートルくらい高いだけの丘で、てっぺんの草は枯れている。演壇から五百メートルほどはなれた好都合な位置で、右側には路地をはさんで小屋が二列にならんでいる。そこからの見通しは悪く、路地に人影はない。左側には出来ごとを体験するために集まった群衆がいて、ほとんどがパイリア人だ。数名がアトランとエイレーネのすわる草の生えた丘の頂きを横どりしようとしたが、ふたりの頑固さに負けてしぶしぶ去っていった。

西の空が燃えだし、めらめらと燃える炎が山脈の峰に向かって舌のように伸びて、また引っこんだ。アトランは最初、永遠の戦士が技術トリックの効果を使って登場を演出したのかと思ったが、そのときシントロニクスが小声で報告してきた。

「惑星間空間のエネルギー活動が飛躍的に増大しました。恒星の膨張プロセスがはじまったのです」

アトランは重い気持ちで空のパフォーマンスを観察する。大衆も不安を感じはじめている。

日没後はしずまっていた風がふたたび目ざめ、突風のようにテントと小屋でできた町に吹きつけてきた。砂や埃《ほこり》、乾燥した植物が風に飛ばされて吹きすぎる。空気がだんだん熱せられるのが感じられた。

アトランは、次の朝にザートラが地平線からのぼったらどのような光景になるだろうかと想像してみる。膨張プロセスは非現実的な速度で進んでいる。この架空宇宙では、現実宇宙で知られる自然法則は通用しない。現実世界で数年ないし数十年かかることが、擬似現実平面では数時間や数分で完了する。夜が明けるころには、恒星は巨大な赤い球と化し、周囲をめぐる複数の惑星をのみこみはじめるだろう。

そもそも、惑星パイリアの運命が今夜のうちに決することなく、朝が訪れるかどうか！

いまや突風は短い間隔でぶつかり合い、やがて暴風に変わった。それまでは出来ごとがよく見えるように直立していた者たちは、地面に身を横たえた。熱い空気は埃ともうもうたる煙に満たされ、呼吸するのが困難になった。永遠の戦士がまもなくあらわれなければ、かれのスピーチを聞ける者はだれもいなくなるだろう。

それでも、この展開はネットウォーカー二名にとっては明らかなメリットがある。群衆はおのれの世話で手いっぱいで、他人に関わっている余裕がない。アトランとエイレーネは注目を浴びることなく、ネット・コンビネーションのヘルメットを閉じることができた。

靄がいっそう濃くなり、山脈はもはや見えない。北方で目に入るのは、都市のいちばん手前にある家々のならびだけだ。空の輝きはおもに、西の地平線から吹きあがる紅炎による。恒星ザートラは独自の花火を開発したらしい。はるかかなたに位置する姉妹恒星は背景にしりぞいた。

「もう長くはないわね」エイレーネがヘルメット・テレカムを通して語りかけてきた。「助けてあげられるかもって願っていたんだけど」

彼女の声には絶望感がこもっている。周囲にいるパイリア人は、地面にぴったりとからだを押しつけ、腕や手で頭をおおうようにして熱や飛んでくる物体からかばっている。気温は四十八度に上昇した。

「われわれにはなにもできない、お嬢さん」アルコン人はけわしい口調で応じる。「これらの出来ごとは現実に起きているわけではないという考えにしがみつくだけだ。われわれ、起こりうるひとつの未来にいるが、願わくは現実とはならないように」

われわれにとっては違う、と、心中でいいそえる。われわれは現実からここに迷いこんだので、われわれにとって架空は現実になる。

「ここの者たちは最終的勝利を生きのびられないわ」エイレーネが嘆く。「どうにかして……」

いいおわる前に言葉がとだえた。アトランが目を向けると、エイレーネは右方にある、二列にならんだ小屋のあいだのからっぽの路地を見つめている。彼女の視線を追うと、渦巻く埃の雲のなかに侏儒《しゅじゅ》のような姿が見えた。からだはパイリア人だが、身長は一メートルに満たない。

未知の小男は、一軒の小屋の陰から外をのぞいている。目は不自然に大きく、黒みがかった黄色い微光をはなつ。奇妙なのは大きな耳で、頭からはなれたところに皿のようについている。パイリア人は耳を持たず、頭の両側にあるかすかなくぼみにおさまったちいさな房状センサーで聞きとるのだが。この未知者のからだをゆったりとおおう衣服は、色とりどりのはぎれのよせ集めからなる。

小男が手をあげて合図をしてきた。おそらくネットウォーカー二名に向けた合図なのだろう。エイレーネがすかさず応じると、小男の顔いっぱいに笑みが浮かんだ。路地に埃の雲が吹き、ふたたび視界が晴れたときには未知者はいなくなっていた。

エイレーネがぱっと振り向き、

「あなたも見た？」と、語りかけた。感激しきったようすだ。

「小男のことか？　ああ」

「かれが助けてくれるわ」絶対にそうなると確信した口調で応じる。

「あれはだれだ？」アトランは不思議そうに訊く。

「知らない」

その返事は、小男の外見よりさらに異様に思われた。だが、反応する間はない。轟音《ごうおん》が空気を貫き、暴風の音すらかき消された。アトランは空を見あげた。思ったとおり、揺れ動く紅炎の赤い光のなかに漏斗《ろうと》形の竜巻が見えている。高温になった気団のまんなかに形成されたものだ。

いや、思い違いだ。竜巻ではなく、永遠の戦士が到来を告知するための轟音を発したらしい。からだより大きい幻影の甲冑《かっちゅう》を身につけた戦士が演壇に立つ。かれをつつむ光輪で、ザートラが噴きあげる炎すら色あせて見える。

「最終的勝利における兄弟姉妹よ！」嵐の騒音を突き破って戦士の声がとどろく。待っていた群衆はくぐもった吐息を漏らした。それ以上の力はのこっていない。
＊

「敵は打ち負かされ、潰滅した！」戦士は風に向かって声を張りあげる。「今後は二度とエスタルトゥ帝国内にゴリムがあらわれることはない。われわれの決意が勝利した。恒久的葛藤の教義と、戦い、名誉、服従の戒律が敵の妄想を打ち負かしたのだ」

イジャルコルの姿が悪魔のように演壇の表面から浮かびあがる。甲冑がかれを三倍以上の背丈に見せている……プテルスのかれは一・六メートルしかないのに。からだをかこむ光のドーム内部に、多彩色の閃光がはしる。甲冑の技術装備一式には、プシオン性トリックのレパートリーがいくらでもあるらしい……単純な光効果から、暗示作用によって見る者に現実だと信じこませる全風景のプロジェクションにいたるまで。

だが今回、目の前にいるのは、感謝を知らない聴衆だった。暑熱のせいでからだはすっかり乾燥し、嵐によって木々の枝や小石が弾丸のように頭の周囲を飛ぶ状況にあって、あわれな群衆は戦士の輝かしい姿を拝見するために頭をあげようとすらしない。

「目標は最初からはっきりしていた」イジャルコルの声がとどろく。「ゴリムはプシオン・ネットのラインにそって移動する。つまりプシオン・ネットを破壊すれば、われわれに危害をくわえることはできなくなる。手はじめはシオム・ソム銀河の巨大凪ゾーンだった。紋章の門建設に参加し、凪ゾーンの基礎である拠点を築きあげたのは、諸君の祖先だ。この成功にわれわれは勇気づけられた。さらなる凪領域がつくられ、プシオン・ネットは排斥された。これら凪領域は結合され、やがてエスタルトゥ帝国内にプシオン・フィールドのラインは突然なくなったのだ」

暴風が勢いを増す。エイレーネは気団への抵抗を最小限にするために地面に横たわっていたが、いまやアトランもそれにならった。グラヴォ・パックを作動して安定装置をオンにしたいところだが、永遠の戦士が手下を使って群衆を監視している可能性もある。ジェネレーターの散乱放射は、夜のかがり火と同様、かれらの計測装置に浮かびあがるだろう。

「当然のことながら、勝利はけっして安くは手に入らなかった」イジャルコルの話はつづく。「プシオン・ネットの排除には反作用がなかったわけではない。プシオン・ネットの排斥に対して、ある目的不明の宇宙的勢力がプシ定数を極端に上昇させた。しかし、それによってプシオン・ネットを救うかわりに、宇宙内のわれわれの領域が不安定状態におちいり、時空構造は崩壊した。これまでより明るさを増した星々を見ればわかるだろう。諸君の恒星が諸君を焼き焦がそうとしているのを見ればわかるだろう。これが、最終的勝利のためにはらう犠牲だ……」

アトランは驚愕した。正義の神よ、イジャルコルは理性を失っている。かれはプシオン・ネットをオフにしたのだ。ドリフェルがそれに対してプシ定数をあげる反応をとり、いまや宇宙のこのセクターは特異点へと落下していく！　これを勝利と呼ぶのか？　かれはネットウォーカーを追いはらったが、そのためにエスタルトゥ帝国は死滅することになるではないか！

煙と埃の混合物はいっそうもうもうとして、永遠の戦士のオーラすら薄れはじめた。惑星からだを地面に押しあてていたアトランは、地面が小刻みに震動するのを感じた。惑星内部が活動をはじめたらしい。恒星の急激な膨張プロセスによってはげしい短期的重力変動が生じ、その潮汐力が高温かつ液体の惑星中心核を流動させているのだ。

気温は六十三度まで上昇し、イジャルコルの話を聞くために集まった数百万の住民は、もはやじっとして動かない。はるか西方で炎が燃えあがった。だが、その源はザートラの紅炎ではなく、地獄のような高温により自然発火した森らしい。アトランはおののいた。暴風は西方向から吹きつけてくる。山麓《さんろく》から無断居住者村までの土地は乾燥した草や藪におおわれている。ひしめき合う聴衆に火炎が到達するまでどのくらいかかるだろうか？　それから、どうなる？　自力で動ける者はだれもいないと思われる。ザートラが惑星をのみこむ機会がくる前に、みんな焼け死ぬことになるのか？

アルコン人は驚きと信じられない思いで演壇を見あげた。煙と埃のなかでシルエットしか見えない戦士が声を張りあげて最終的勝利の栄誉について語る一方で、かれにしたがう者たち数百名、いや数千名が、勝利の結果としてその足もとで死ぬことになるとは！　信奉する者たちの幸福より優先される原理を持つ教義とは、いったいなんなのか？　死について語るべき局面で勝利を口にするとは、いったいどんな不条理に動かされているのか？

「……われわれ、戦い、苦しんできた」永遠の戦士ががなりたてる。「われわれは死ぬが、勝利はわれわれのもの。しかし、エスタルトゥがわれわれにのこした智恵の三つの柱は、われわれの死を生きのびる。戦い、名誉、服従の……」

地面が震え、雷鳴がとどろく。咆哮《ほうこう》する暴風も、イジャルコルの言葉さえもそのなかにかき消された。地面が盛りあがり、重い布がまっぷたつに裂かれるようなしゅーっという音が雷鳴にくわわった。湯気のたちのぼる地面の上部を、黒いぎざぎざのラインが猛スピードでこちらに向かってくる。アトランはわきに身を投げた。かれのすぐそばの地面から黄色い炎が噴きあがった。

マグマが勢いよく噴出したのだ。

「防御バリアを作動します」シントロニクスの無関心な声が告げる。

グラヴォ・パックは自動的に作動し、アルコン人は悲惨な光景の数メートル上方を浮遊していく。あやうく落ちるところだった黒い線から亀裂が生じ、亀裂が渓谷となった。惑星パイリアが割れたのだ。振動する恒星重力のショック前線から生じる潮汐力によって、惑星は分裂した。表層土が峡谷のへりを滑って深みに落ちていく。最終的勝利へのイジャルコルの讃歌を聞くためにやってきた者たちの、自力では動けないからだを道づれにして。毒ガスをふくむ蒸気に満ちた空気で窒息するか、あるいは熱に焦がされるかして、大部分はすでに死んでいた。だが、まだ生きている者もいて、のこされた絶望的な力を振りしぼって身を起こし、残酷な運命に抵抗する。荒々しい叫びが濃煙を貫くが、しだいに高まっていく世界滅亡のとどろきにかき消された。

「エイレーネ！」

「ここよ！」答えが返ってきた。ヘルメットに明滅する光点があらわれる。シントロニクスが少女のポジションをマークしたのだ。

ふたりはなんの苦もなく合流し、百メートルの高さを移動していく。演壇ははるか下方にあり、永遠の戦士がいまもなお腕を振りまわし、光輪を明滅させながら聴衆に向かって説得しつづけている。だが、耳をかたむける者はもはやだれもいない。自然の背景音は、戦士の高度技術を使った音響効果をもついに上まわった。生存する聴衆はもういなかった。

「紋章の門へ！」エイレーネがきっぱりといった。「まだ助かる方法があるとすれば、あそこだわ」

アルコン人は反論しない。まだ幼いころ、いくら論理的理解力ががんばっても見通せない状況において、彼女が直観力によって正しく判断するのを何度も見てきたから。エイレーネが先導をとる。暴風に押されて渦巻く濃煙で、爆発する炎が不気味にぴくぴくと揺れる。これではもはや意思疎通ができないので、シントロニクスは外界音響のボリュームをさげた。

ふいにアトランは、エイレーネのほかにだれかがそばにいるように感じて、そちらに目を向けた。靄が濃く、せいぜい二、三メートル先までしか見えない。流れる煙のなかから、ちいさな姿があらわれた。巨大な目と、顔のわきのはなれた位置に皿のようについた耳を持つトカゲ顔がこちらを見ている。見えたのはほんの一瞬だが、小男は薄い唇のある口を横いっぱいにひろげてにんまりした。見たかぎりでは技術装置を身につけていないらしい。どうやって高さ百メートルの空中を移動しているのか？ それに、毒ガスでダメージを受けないのは、なぜなのか？

小男は幅広の口を開けてなにかいった。声を張りあげているようだが、アトランの耳にはカエルの鳴くような細い声しか聞こえない。黄色い目がきらりと光る……あざけりのように思われた。次の瞬間、奇妙な生物は消えた。蜃気楼《しんきろう》のように霧消したのだ。

＊

世界沈没の陰鬱な光のなかに、テラナー門の輪郭が見えてきた。破裂する惑星地殻からますます高く噴出するマグマを避けるために、かれらは高度を二キロメートルにあげて飛行している。

目の前に巨大な八角形のプラットフォームがふたつあらわれた。その上には第三の道のシンボルである三本の矢からなる三角形が見える。ライトは消えていた。エスタルトゥ技術による驚異の建造物である紋章の門も、惑星滅亡を生きのびて存続することはあるまい。

プラットフォーム上端におりたつと、安定装置がはたらいてバランスがたもたれた。風は五十五メートルを超える風速で荒れ狂っている。風に飛ばされてきた物体がぶつかるたびに、防御バリアがちかちか光る。

プラットフォーム上端の幅は百メートルあり、たいらで継ぎ目がない。アトランが両足でポリマーメタルに触れたとき、巨大な建築物が震動しているのをはっきりと感じた。どうにでもなれという気持ちが強くなる。これから起きることは、もはや自分にはコントロールできない。門が崩壊しても、ネット・コンビネーションの助けでもう一度危険をかわせるだろうが、遅かれ早かれ災いに追いつかれることはわかっている。ネットウォーカーの技術はそうとうなものだし、ネット・コンビネーションは驚嘆すべき構造物といえる。だが、世界沈没の激変力にかなうものではない。

かれの意識の背後のかたすみで、淡い希望の光がまだかすかにまたたいていた。エイレーネもいまのところ、救済があることを知っているかのように自信をもって話す。子供っぽい無頓着さのせいかもしれないが、少女の意識にどのような力が眠っているか、だれにもわからないのだ。なんといってもコスモクラートの娘ではないか？　子供のころ、周囲の人々が畏怖の念をいだくような能力を発揮しては、そのたびに驚かせていたではないか？

背景のどす黒い赤にどぎつい光が射しこみ、巨大な建造物ががくんと揺れた。太さがスプリンガー種族の転子《ころ》状船ほどもある白熱するマグマの放出物が、紋章の門北側を通過した。もうもうたる煙の立ちこめる空に向かって急上昇し、暴風によっていくつもの枝に裂かれてふたたび落下していく。

アトランは、足もとの平面がかたむくのを感じた。一秒間靄が薄れ、紋章の門の転送装置が設置されている中央の塔が目に入った。プラットフォームと塔は数百本の硬質メタル製の柱でつながれている。それぞれの柱は高さ二十メートル、厚さ十メートルもあり、それだけでも巨体だが、カオスの力にはかなわない。メタルがたわみ、紙のようにくちゃくちゃとまるまっていく。プラットフォームはしだいに外側にかたむき、上端の傾斜はますます急になっていく。

「指示は？」シントロニクスがたずねた。迫りくる災禍を認識したのだろう。「それとも、わたしにまかせてもらえますか？」

「もうなにも役にたたない」アトランはぼんやりと応じる。

「あなたの安全を守る義務があります……」と、シントロニクスがいいはじめた。だが、そのあとなにをいったのか、もはや聞こえなかった。プラットフォーム内側の柱がやかましい破裂音をたてながら、一本、また一本とはずれていく。プラットフォームはしだいに速度を増しながら外側にかたむく。上端がななめになったので、アトランにはマグマが地面から噴出する穴が見えた。そこは建物のすぐそばで、穴はみるみる大きくなっていく。惑星パイリアは、紋章の門をいままさにのみこもうとしている。

　からだが持ちあげられた。シントロニクスが自己判断でグラヴォ・パックをベクトリングしたのだ。だが、カオスの力はアルコン人の暗い予測を裏づけることにしたらしい。柱の最後の数本がやかましい破裂音とともに折れて、巨大なプラットフォームがとうとう落下しはじめたとき、惑星表面のべつの場所に開口部ができ、赤いマグマを噴きあげた。マグマの貪欲な指がネットウォーカー二名に向かって伸びてくる。

　アトランは最後にもう一度、周囲を見わたした。エイレーネはわずか数メートル先を浮遊している。

「すまない。こうなるべきではなかったのに」

「ばかなことを！」エイレーネが叫ぶ。ヘルメットの奥に彼女の笑顔を見て、アトランはわけがわからない。「もうすぐくるわ。気をつけて！」

　周囲の出来ごとがスローモーションで進行する気がした。マグマの燃える指がゆっくりとアトランに接近してくる。ネットウォーカー二名に最後のチャンスをあたえるために、カオスがこの瞬間に息をのんだかに思われた。

　そのときだ。エイレーネが叫び声を発した。それは、アルコン人が一生忘れられない叫びだった……細胞活性装置のおかげで人生がどれだけ長くつづくとしてもだ。彼女のこんどの叫びには、反抗心と勝利感が奇妙に入りまじっていた。アトランの背筋に悪寒《おかん》がはしる。

「スィ・キトゥ……スィ・キトゥ……スィ・キトゥ……！」

すると、すべてが変化した。

3

アトランはショックがあまりにも大きく、最初の瞬間にからだを動かすことができない。あらゆる力がからだから抜けた感じがして、塑像のように不動で立ちつくす。

理性は全力ではたらいているのに、空転してしまう。基準や比較できるものがないために状況を判断できない。あらゆることを考慮する覚悟はできている。自分の気が変になった可能性から、最後の数時間の出来ごとはすべて夢だった可能性まで。

ゆっくりと頭の向きを変えた。横にエイレーネが立っている。ネット・コンビネーションのヘルメットをすでにはずして。アトランも機械的にはずした。かすかに焦げくさいにおいが室内に満ちている。エイレーネがほほえむ……いや、にんまりする。はるかに年上かつ経験豊富な相手に対して、おのれの優越性を証明したばかりの十六歳の若い娘だけが持ちうる無遠慮さを満面にたたえて。

あとはすべて平常、いや、平常すぎるくらいだ。隙間なくぎっしりと数列ならんだ装置類、背後にあるちいさな反重力シャフト、ゆったりとした心地よいシート、透明な機首の窓。

　ずっとここにいたかのように！

　ひとつだけ通常と違うのは、操縦席を照らすのがドリフェル内部の、多彩色のプシクをちりばめたグリーンのハイパー空間ではないということ……かわりに見えているのは、銀河間空間の暗黒で、ひと握りの霧に似た明るいしみがはるかかなたの背景にある。どういう意味なのか？　カプセルは四次元連続体にもどったのか？

「《ナル》！」アトランは呼びかけた。

「おかえりなさい」カプセルが応じる。「あなたにふたたび会えるかどうか、確信はありませんでしたが」

「なにが起きた？」

「わかりません。センサーがふいに機能をやめ、エネルギーがなくなったんです。あえて比較するなら、わたしはいわば無意識状態に近くなり、われに返ったときには、ここの銀河間空間にいたわけです。機能はすべて正常です。しばらくのあいだわたしはひとりでしたが、やがてあなたたちがもどってきました。ふいに、なんの前触れもなく」

「われわれがはなれてから経過した時間は？」アトランがたずねた。

「友よ、答えたいところですが。わたしの知識はプシオンにより保存され、それはのこされていますが、時間計算機能は従来方式なので、エネルギー欠乏により失われました。

わかっているのは、再作動からあなたたちがもどるまでに百四十三分が経過したことだけです」

アトランはクロノグラフに目を向ける。かれが好むのは、十五年以上前に自分でサバルに持ちこんだテラ時間だ。それによると、いまはNGZ四四六年三月三日、十三時五十一分。ドリフェル・ステーションを出発したのは二月二十八日夜で、それ以降はクロノグラフを確認したおぼえはない。失われた時間については、《ナル》が記録するはずだったのだ。

六十五時間をいったいどこですごしたのか、いまとなってはかれ自身にもきちんと説明できない。架空惑星パイリアにおける冒険は、十二時間もかからなかったはずだ。ステーションからドリフェル・ゲートへの飛行も、コスモヌクレオチドに入ってからエイレーネが出現するまでの時間も短かった。のこりの時間はどこに行ったのか？

「忘れないで。わたしたち、さまざまな現実平面を行き来しているんだから」エイレーネがコメントする。「時間の経過だって従来とは違うわ」

今回、彼女はアルコン人の思考を読む必要はなかった。クロノグラフに向けたアトランの視線と、考えこんだ表情を見ただけで察せられたから。

「わたしが疑問に思うのは、ここでどのくらい時間が経過したのかということだ」

「ここって、どこのこと？」少女が訊きかえす。

アトランは機首方向をさししめし、

「標準宇宙」と、答えた。「自分たちの現在位置はわからないが、ドリフェルはわれわれの背後にあるはず」

「《ナル》、説明してあげて」と、エイレーネ。

「確証できるデータはありませんが」カプセルはこころよく説明する。「われわれがドリフェルを去ったという示唆《しさ》はまったくありません」

「まだコスモヌクレオチド内部にいるのか？」アトランは驚いていった。

「そのようです」

「超現実のべつの平面にね」エイレーネがいいそえる。

アトランは強い落胆に襲われた。過去数時間に起きたことを理解はできなくても、受け入れる心がまえはあった。同時に、非因果性の大混乱からまぬがれたという安堵も感じていた。一時は行方不明となったが、それから現実への道を見いだしたのだから。これをはたしたネットウォーカーはこれまでいない。

そのように考えていたのに、こんどはこんなことか！　かれはとほうにくれてエイレーネを見る。

「これからどうなる？」と、暗い気持ちでたずねた。

「わからないわ」エイレーネはなおも笑顔を浮かべている。「コースをそれたから、またもどさなくては。それまでは、起こりうる未来の恣意的な出来ごとの連続にさらされることになる。この虚無のなかで出口を探すのは無意味に思えるわ。あそこに見える光のしみは、銀河群のいずれかね。あそこに向かうべきだわ。高度に進化した文明との接触が必要ですもの」

アトランにとって、驚きの連続だった。これがほんの数年前、誕生日に玩具をプレゼントした少女なのか？　同意の刻印によりネットウォーカーの地位を得てまだ六カ月とたたないティーンエイジャーは、いったいどうなったのか？　エイレーネの簡潔な言葉に、どれほど多くの配慮や思慮がふくまれていることか！

「それに、相手が無償でやったとは思えないわ」彼女がいいそえる。

「え？」アトランは困惑して訊きかえす。「なにをやったって？」

「わたしたちを救ったこと」エイレーネが応じる。心を集中させて思考しているため、アルコン人の困惑には気づかない。「パイリアのカオスから救ったんだから、見返りを期待していると思う。可能性としては……」

「だれが見返りを期待している？」アルコン人はいらいらと相手の言葉をさえぎった。

エイレーネはいぶかしげに顔をあげた。アトランに状況が見えないのが、彼女には不思議でならない。

「スィ・キトゥよ。ほかにいないでしょ？」

ふたりは細長い寝椅子に隣り合ってすわり、あいだに小ぶりな折りたたみ式テーブルをひろげ、飲み物の入ったコップ二個を置いた。ときどき中身をすこし口にふくむ。

「残念だけど、あなたの質問には答えられないわ」エイレーネがいった。「あなたの探す情報は、わたしの意識のどこかにはさまっているんだけど、任意にアクセスできるわけじゃないの」

＊

アトランは、こうたずねたのだった。はなれた耳を持つ小男が力を貸してくれるだろうことを、エイレーネはどこから知ったのか。操縦席から見える虚無空間が現実宇宙ではなくドリフェルの起こりうる未来であるという知識をどこから得たのか。それと、パイリアにある紋章の門が崩壊するとき、彼女が三度その名を呼んだ存在……スィ・キトゥとはだれなのか。

しばらくすると、かれは最初の困惑を克服し、妙に聞いたことのある名前だと感じたのはなぜかという説明を、おのれの記憶のなかに発見した。ペリー・ローダンは、深淵でフロストルービンが封印されたのちに体験したことを報告したさい、ある小男との出会いと……つまり、ここでも小男の姿と謎の存在スィ・キトゥが結びついている……それが怪しげなゲームをしかけてきたことに言及したもの。結局ペリーは陰険な追っ手をまいたのだが、第三の究極の謎の答えを受け入れることを拒否したとき、最後にもう一度出会ったということだった。小男は助力者、媒介者、スィ・キトゥの従者などと名乗ったそうだ。

スィ・キトゥはコスモクラートやカオタークとはべつの宇宙的勢力であり、この名は〝無〟を意味する。そのほか、〝熱力学第二法則の守護者〟または〝エントロピーの母〟を自称することもある。ペリーが創造の山の麓で最後に出会った小男の性質と同じく、宇宙の出来ごとにおけるスィ・キトゥの役割にも怪しいところがある。これについてはほとんどなにも知られていない。小男はこの点で非常に口が堅かったからだ。ペリーはのちになって、体験したことを一種の幻覚とみなそうとした。現実ではなかったのだと……せいぜいアンブッシュ・サトー以外、だれも理解できないという意味において。

だが、スィ・キトゥはいまやふたたび姿をあらわした。またしても媒介者の役割をはたしたのは小男だった。だが、それだけではない。ふたつのケースの類似性は、もっと細部にある。ペリー・ローダンが創造の山の麓で接触した生物は、多彩なはぎれをつなぎ合わせたローブを着ていたのだ。最初パイリアの小屋のならぶ路地でアトランとエイレーネの前に姿を見せ、二度めはテラナー門へ行く途中でアトランの前にあらわれた小男も、やはりそのような服を着ていた。

「つまり、こういうこと」エイレーネはあらたに説明をはじめた。からのコップを手にはさんでまわしながら、一語一語に注意力を集中するように張りつめた表情で前方を見ている。「厄介な状況におちいって、あなたがとほうにくれているのがわかる。それであなたから質問を受けると、ふいに自分のなかに答えがひらめくの。つながりはぜんぜんわからないのに。答えを論理的に説明することはできないわ。ひとつの答えがあるだけ。それが正しいって直観的にわかるの。あるいはほかの状況では、自分で自分に質問して、すぐに啓示がある。このようにするべきだって。あるいは、質問はなくても、なにかがひらめくこともある。小屋のあいだにいる色とりどりの小男を見たときもそうだったの。あの小男がわたしたちの救いになるって、完全に確信したわ。ただ、その確信がどこからきたのかって訊かれても困るけれど」

「スィ・キトゥが見返りをもとめているというのも、きみの思いつきなのか？」アトランが訊く。

「ええ」

アトランは、少女の説明を理解しようとつとめた。彼女の意識の奥にとてつもない知識があるのだろう。もしかすると、コスモクラートとしての知識かもしれない。だが、意識的にそれをコントロールすることはできない。危険を排除するために知識の一部を、いわゆる情報量子を必要とする状況におちいったときにのみ、ヴェールが開くのだ……ほんの一瞬、てのひらの幅だけ。

つまり、引き金は彼女の内部にあるということ。秘密の知識の宝庫をときどき垣間見《かいまみ》ることをエイレーネに許可する背後の力が存在するわけではない。彼女自身、意識的にではなく、直観的にアクセスしている。しかも、迫りくる危険を感じとった瞬間に。

いつの日か、この作動メカニズムを意識的に操作する方法を学ぶのだろう。それにより、全知識を使えるようになる。そのときがきたら、彼女はどのような存在になるのだろうか？　アトランは充分に気づいていた……自分がエイレーネの未来についていだくヴィジョンは、賢く情緒豊かで愛らしい少女の思い出に染まっていることに。願わくは、子供時代と青春期にそうであったように、彼女がこれからも手厚い世話や保護を受けてほしいものだ。

だが、そうはなるまい、と、悲しい気持ちになる。エイレーネは意識内にかくされた知識を開拓するだろう。それをどうするかは、彼女自身が決めなければならない。

まだ赤ちゃんのエイレーネを腕に抱いたことや、彼女が四歳のころいっしょに庭を跳ねまわったことを思いだす。白キツネと遊びたいからパナハンに連れていってほしいとはじめて自分を説得したときのこと。〝白キツネは賢い動物だから、わたしの言葉がすべてわかるのよ。そうなの……わたしに返事もするんだから〟といって、わからせようとしたときの彼女の声が、きのうのことのように耳にのこっている。思春期の彼女の姿。指導プログラムのなにかがはっきりしないといったときの、聡明な質問。なによりも強く思いだされるのは、彼女と両親との関係だ。両親のあたえる愛情に応えるエイレーネ。熱心に父母を見習い、ふたりを合わせたもの、つまりゲシールの共感力と直観力、ペリーの率直さと目標志向をあわせ持とうとする彼女の努力。

こうした思いが次々と頭に浮かぶうちに、悲しみはふいに消え、かれの顔に温かい笑みが浮かんだ。心配する理由はないではないか？　エイレーネが意識の奥底を開拓することに成功して、いつの日か実際にコスモクラートの知識を受け継ぐとしても……彼女は正しい決断をするだろう。知識を使って権力を得ることもできると思いつくことはまちがいあるまい。これだけ聡明なのだから、そうしたことを考えないはずはない。だが、その考えを発展させずに破棄するだろう。

ふいに腕にエイレーネの手を感じた。

「楽しいことを考えているのね」少女が語りかける。「わたしもうれしいわ。だって、このところずっと不機嫌だったでしょう」

アトランは罪のない嘘でごまかすことにした。ほんの数秒でも彼女の性格を疑ったことを知らせたくはない。

「愉快なことを考えていた」と、応じる。「つまりだな、きみがどうやって《ナル》に気づかれずにカプセルに忍びこめたのかと」

「あら、それ、あまり愉快じゃない話だわ」エイレーネがあわてていった。「カプセルがわたしの意識から出るメンタル放射に反応することはわかっていたの。無資格者と認識して乗機を拒否するって。だから放射をとめなければならなかった。失神状態で接近できればいちばんだけど、それは無理。しかも、まともに思考できない状態で、エアロックの外側ハッチを手動で作動する方法を探りださなければならない。麻薬のことはよく知らないから、まずは情報集めが大変だったわ。最終的に服用した物質で、ほとんど行動不能状態になったの。実際にどんなふうに進行したのか、ほとんどおぼえていないわ。手動操作の方法はどうにかわかったし、わたしの存在を《ナル》にごまかすのもうまくいったみたい。いずれにしても、気がついたらなかにいたの。最後の力を振りしぼって寝椅子にあがって、横になったときにはもう眠っていたわ」

エイレーネの口調に罪の意識はかけらもない。彼女にとって、おのれの行為は当然至極のことなのだ。彼女はルールを破った。意識をぼかすために使った麻薬は、おそらく問題なく手に入ったのだろう。だが、ネットウォーカーのあいだでほかの仲間のドリフェル・カプセルに乗機することは、明白な招待がないかぎり禁止されている。彼女が突然に姿をあらわせば、カプセル内の操縦士に危険をおよぼすことはわかっていたはずだ。それなのに、気にしているようすはない。任務遂行のためだから、じゃまになる障害はどかさなければいけない、と考えたのだろう。

「それでは、わたしのところにきたとき、すでに……陰謀の準備をしてあったわけか」

アトランがいった。

「ええ、そのとおりよ」エイレーネが肯定する。

自分の行動に気を悪くしたかとたずねもしないし、弁解しようともしない。正しいことをしたと考えているのだ。だが、自分自身に対して、どのようにこの責任をとるつもりなのだろうか。アトランは疑問に思ったが、質問はしなかった。べつの考えが浮かんだのだ。有機生命体の意識を持続的に麻痺させてメンタル放射をゼロにする麻薬など、おそらく存在しまい。彼女がいうように、無意識状態でカプセルに接近できたとしても、《ナル》は気がついたはずだ。彼女がカプセルに忍びこむのに使ったトリックは、《ナル》の同意なしにはうまくいかなかったはず。

つまり、十六歳の少女の単独行動ではなく、彼女とアトラン専用ドリフェル・カプセルの共謀によるものだったのだ。なんという見通しだろう！　ドリフェルへの探検飛行でエイレーネが重要な役割をはたすことを、《ナル》は知っていたか、すくなくとも予測していたことになる。〝予感がしたの。わたし、役にたてるんじゃないかって〟と、彼女はいっていた。カプセルも同じ予感をいだいたのだろう。でなければ少女が乗機できたはずはない。

いつかこれについて《ナル》と話す必要がありそうだが、いまは適切な時ではない。当プロジェクトでは、自分は行動者ではなく受け身であることをあらためて意識する。

主導権を大幅に奪われ、カプセルと十六歳の少女が決定をくだしたのだから。

それでよかったのだろう。予測に反してエイレーネがあらわれたときにおちいった状況から、どのみち立ちなおることはできなかっただろうから。ここではかれ自身の持つ知識よりもっと高度な知識がはたらいているのだ。

かれの心服のため息を、エイレーネは誤って受けとめた。自分のした行為は、かれの目にはまったく異なる印象をあたえたかもしれないと、ふいに気がついたようだ。手をさっと伸ばしてアトランの手に触れる。

「ごめんなさい。あなたを傷つけるつもりはなかったの」

「おお……」アトランがいいかけたとき、《ナル》が口を出してきた。カプセルは、先に話しはじめた者がいても頓着しない。

「銀河群に五十万パーセクの距離まで接近しました」と、告げる。「実際、奇妙な光景です」

＊

その銀河群は三十弱の銀河から構成されていた。恒星数十億個以内のぼんやりしたちいさな星の島から、数千億個の恒星群からなる巨大ならせん状のものまで、さまざまな大きさを持つ。銀河群のある宙域のひろさは、直径三百万光年。銀河の集まりとしてはそれほど目だつものではない。数千の銀河からなるおとめ座銀河団など、はるかに大きなものもあるからだ。

アトランとエイレーネは、機首スクリーンにうつしだされた映像を観察する。エイレーネはすばやく判断した。

「なるべく早くもよりの銀河に接近するべきだわ。どの銀河を選んでも、どのみち違いはないもの」

アルコン人は、すぐに決められない。映像のなにかが、どこかで見たように思えるのだ。正しいアングルが得られないかと思考のなかでさまざまな方向に回転させてみる。もっとも大きい銀河四つのうち三つは渦状、四つめは縦長の楕円形で、数千年前の天文学者ならE7またはE8といっただろう。渦状銀河のいちばんちいさいものは散らばったかたちで、らせんの渦状肢はかなり外側にひろがり、はっきりしない核を持つ。それより大きいふたつの銀河は明白な核を持ち、肢はあまりひろがらずひかえめな渦を形成している。これらふたつの銀河の手前に、多数の小銀河が存在する。アトランは、不規則に形成されたふたつの星団に視線を集中させた。それらは物質の橋の細いラインでつながれている。

「マゼラン星雲だ」かれは小声でいった。「小星雲と大星雲。それから、向こうにあるのはアンドロ・アルファとアンドロ・ベータ……」

「驚くべき光景でしょう？」《ナル》がいった。「よろこんでもらえると思って、あなたに確認をまかせました」

「局部銀河群なの？」エイレーネが興奮してたずねた。「背景にあるあのらせん、銀河系かしら？」

アルコン人はうなずくしかできない。映像に釘づけだったのだ。このアングルだと視線から傾斜四十五度のところにあるはずの渦状星雲を、憧憬《しょうけい》の気持ちで探す。ぼんやりとしてほのかなハローの光、大銀河について宇宙を移動する球状星団の微小な光点。このなかのひとつが、ヘルクレス座にある、テラナーがM－13と呼ぶものだ。はるか昔、アルコン皇帝が支配する大帝国の中枢がここだった。最後に故郷を目にしてから、なんと長い時がたったことか！　コスモクラートの決定はじつに残酷なものだった。深淵の騎士のオーラが銀河系のプシオン力と摩擦を起こすようにしたため、騎士は二度と帰郷できなくなったのだから！

ある考えが頭をよぎった。目の前にあるのは、現実の局部銀河群ではないはず。自分がいるのは擬似現実なのだから。これはドリフェルがプシクを使って構築する、起こりうる未来のひとつだろう。ここにも摩擦は存在するのか？　すくなくとも超現実で故郷にもどれるような試みをするべきだろうか？

エイレーネがなにかいったが、理解できない。自分のルーツがある世界への憧憬にすっかり気をとられていたから。エイレーネは質問をくりかえさなければならなかった。

「あそこにある大きな楕円銀河……なんていうの？　わたし、局部銀河群は映像で見ただけだから。でも、楕円形のは見たことがないわ」

アルコン人は夢から現実に引きもどされた。かれもE７銀河の映像を見て最初はっとしたのだが、そのあと思考がそれてアルコンを夢みていたのだ。

「見たことがない」と、エイレーネの問いに答える。「現実宇宙の局部銀河群にはこのような銀河は存在しない。《ナル》、それについて意見はあるか？」

「あなたがすでに知っていること以外にはありません」カプセルが応じる。「いま見えるのは、ドリフェル内に保存された情報から、状況により発展する可能性のあるもの。われわれが垣間見ているのは、無数といっていいほどたくさんある未来のひとつです。目の前にあるのは、局部銀河群にもうひとつ大銀河が属することを予見するものでしょう。かなり巨大な銀河で、長い部分で二十万光年のひろがりを持ちます。恒星の数は推定で四千億以上」

アトランは、未知の星の島をいぶかしげに見つめる。局部銀河群の宙域にもうひとつの銀河……しかも、全体図からみてほとんど同じ大きさを持つ銀河が発生するとは、いったいどのような発展なのだろうか？

「異質なものだわ」エイレーネがひとり言のようにおさえた声でいった。「なにか異質さを感じるの」

《ナル》は自分に向けられた言葉と感じたらしく、説明する。

「この現実平面でストレンジネスを計測するのは意味がありません。銀河系をふくめ、すべてのストレンジネス値がゼロと異なるので。どうやら、超現実がわれわれの前に異宇宙としてあらわれたようです」

「だけど、あそこの楕円銀河はほかのものすべてとくらべても異質だわ」エイレーネがいいはる。先ほどは自信がなさそうな印象をあたえたが、こんどはきっぱりと。「あそこには属さないものよ」そこでいったん言葉を切り、短い間をおいてから、「わたしたちになにかを見せるはず。ヒントをもらわなくては」

「楕円銀河に接近飛行したほうがいいということか？」アトランがたずねる。

「もちろん」エイレーネの目に宿る強い決意はアルコン人に、友である彼女の父親を思いださせた。「そもそも出口を見つけるとしたら、あそこしかないわ」

＊

その黄白色恒星は、エイレーネがマイナフと名づけた銀河のはしにあった……マイナフはクエリオン語で〝不可解なもの〟を意味する。恒星は十一の惑星を持つ。惑星からは、特定の夜にマイナフ銀河のすばらしい星空が見えることだろう。それ以外の夜には銀河間空間の無光の暗黒しか見えないだろうが。

十一惑星からなる星系に知性体が活動することを、《ナル》はかなり遠方から認識した。第五惑星にスペクトルが見られる。低周波……つまりマイクロ波からラジオ波までの領域に、熱によらない強い特異性がある。いいかえるなら、この惑星にはすくなくとも電磁手段による無線通信を制御できる文明があるということ。だが一方では、住民が宙航をおこなうことをしめすものはない。

この二時間、アトランには考えさせられることがたくさんあった。《ナル》には四次元連続体を宙航するためのエネルプシ・エンジンがそなわっているとはいえ……そのほか、コスモヌクレオチド内部の移動用エンジンもあるが、その作動原理についてアトランはなにも知らない……いまカプセルが存在する場所は明らかに四次元の性質を持ち、プシオン性フィールド・ラインはない。すくなくとも、エネルプシ・エンジンによる移動の媒介となるものは。それでも、《ナル》はたった二時間のタイムスパンに五十万パーセク、つまり百六十万光年以上を進んだ。

これについてのアトランの質問に、カプセルは答えない。かれが執拗に何度もたずねると、とうとうエイレーネがいらだち、

「そんなこと、どうでもいいじゃない？　わたしたち、超現実の領域にいるんだもの。従来の自然法則はここでは通用しないわ。できるだけすみやかに目標に到達することが

重要なんじゃないかしら?」

アトランはあきらめた。エイレーネと《ナル》の共謀はまだつづいているらしい。

アトランはそれ以降、どのようにして目標にコースをとっていくのか注意深く観察した。少女とカプセルのあいだには、かれには関与できないメンタル性の合意があるらしい。それでもエイレーネはときどき音声でコメントする。そのようなとき、彼女は自分に指示をあたえる心の声に集中するように前方を凝視する。そのあとで次のようなことを話すのだ。

「恒星の色は黄白色ね……スペクトル型F8からG1……惑星は複数、すくなくとも十個……明らかに熱によらないスペクトルが、知性体の住む唯一の……」

彼女がどこからこうした知識を得るのか、アトランはたずねない。エイレーネは意識の底にかくれた知識をとりだしているのだ。ほしい情報を任意に引きだしているように見える。アルコン人は、自分がじゃまをすればそのつながりが失われるのではないかと危惧して好奇心をおさえた。いま重要なのは、起こりうる未来の宇宙から脱出する方法を見いだすことだ、と、何度も思い起こす。そのために自分にできることはない。だからエイレーネと《ナル》のじゃまをするべきではない。

カプセルがこれまでに出した速度にくらべると、いまはゆったりとした速度で未知の銀河に入っていく。エイレーネは操縦席前方から目をはなさない。その中央に第五惑星が最初は黄色い光点として見え、しだいに拡大して円板となった。アトランはエイレーネがなにを考えているのか知りたかったが、集中した思考をじゃましないことにした。

エイレーネがふいに頭をあげた。

「生命体に適さない惑星だわ。大気圏がないもの。住民はエネルギー・ドーム内に住んでいる。快適にすごせる人工的な生存環境を維持して」

「そのとおりです」《ナル》が肯定する。

「大きな衛星がひとつ」エイレーネが先をつづける。情報はカプセルからメンタル性の方法でエイレーネに伝えられるらしいことが、アトランにも徐々にわかってきた。「ここも開発されてドームもあるけど、たったのふたつ」

カプセルはさらに惑星に接近していく。衛星が見えてきた。エイレーネが生命体に適さないといった惑星の曲線の背後から、微小な円板としてあらわれた。

そのとき、《ナル》が告げた。

「未知の情報コードを解読しました。ヴィデオ映像を受信したので、うつします」

映像があらわれた。画像の質が悪いのは、惑星間送信用に設定されていないせいだろう。しばらくして、やっと走査線が安定すると、天井の高いひろい空間が見えた。数百名の異生物が集まっている。はっきりとは見えないが、ヒューマノイドらしく、二本脚で直立している。はげしいジェスチャーをする数名の姿を見ると、腕二本を持つようだ。

ふいに場面が転換し、一種のステージが前面にあらわれた。一名の異人が立ち、スピーチしている。聴衆数名が腕を振りまわしたのは、話者の言葉への反応らしい。

アトランは凍りついたように動きをとめた。

この種族に出会ったことはないが、報告は聞いたことがある。銀河系がまだ宙航可能だった当時、ヴィーロ宙航士たちがこの種族に関する最初の知らせを力の集合体エスタルトゥにもたらしたのだ。いまではかれらの同胞たちも自力で力の集合体に到達したはず。ペリー・ローダンが、惑星トペラズに拘禁中に出会った一名について報告している。

アルコン人は、話者の勇敢な顔だちを興味深くながめた。前に突きでた鼻と口の領域、優雅にひろがる口髭《ひげ》、垂直方向に開いた瞳孔《どうこう》を持つきらめく目、頭をおおう縞《しま》のある毛皮……明らかにネコ型種族の容貌だ。

「カルタン人か」と、アトラン。

＊

カプセルは着陸した。着陸地点は深い谷で、両側にけわしい山脈が連なっている。幾重にも割れたぎざぎざの尾根や山頂は、大気圏のない惑星の自然のみが形成するものだ。未知の恒星はほぼ天頂に位置する。影はほとんど生じないが、生じるとすれば鋭い輪郭を持ち、漆黒の夜のように不気味に見える。

《ナル》の長軸を指標とするなら、右側の連山の向こう側、山麓から八キロメートル以内の距離に、未知文明が衛星につくったふたつのドームのひとつがある。そこがアトランとエイレーネの目的地だ。

少女は発見者の権利を行使して、恒星、惑星、衛星に名前をあたえた。クエリオン語からとった言葉で、恒星はラムナ、惑星はタナク、衛星はバントゥラト。それぞれ、輝くもの、見捨てられたもの、石だらけのもの、という意味だ。エイレーネは名前に特別な解釈はあたえない。

ふたりがカプセルをはなれるとき、《ナル》はいった。

「成功をお祈りします。前回パイリアに着陸したときと同じく、交信が絶たれるのではないかと考えられますが、再会するときには問題は克服されているでしょう」

《ナル》の言葉にひそむ自信に、アトランは感心させられた。だが、カプセルに対するエイレーネの返事はやはり謎だった。

「それはスィ・キトゥがやってくれるわ……望むと望まざるにかかわらず」

アトランはエイレーネの発言に頭を悩まさないことにする。少女の頭をよぎる思考について考えても理解できないことを、すでに受け入れていたから。いまやかれも独自の計画を考案していた。

透明なエネルギー・ドームは直径十二キロメートル、高さ五キロメートルの大きさを持つ。接近飛行中に、内部に巨大な構造物があるのが見えた。おそらくエネルギー製造施設だろう。異生物の技術がどのような方法でエネルギーを供給しているのかは判明しないが、まったく生存に適さない環境において生存可能な条件を維持するドーム状エネルギー・バリアがあるということは、高度に開発された技術を持つはずだ。つまり、生産されるエネルギーはそうとうな量なのだろう。

この状況では、異人が宙航技術を持たないという判断は修正されなくてはなるまい。ここのカルタン人が……この名を使うのは、いまなおためらわれるけれども……宇宙船建造技術を有することは、疑問の余地がない。真の宇宙におけるカルタン人と同様に。惑星タナクの周囲に宇宙航行が観察されなかったのは、ほかの理由からなのだろう。

アルコン人の計画とは、惑星をつつむ超現実のヴェールが裂けるに充分な多量のエネルギーをいっきに放出させることだ。そうすれば、自分たちは現実の標準宇宙か、あるいはすくなくともコスモヌクレオチド内部のハイパー空間に押しもどされるだろう。ここには充分な量のエネルギーが存在する。どのようにしてエネルギー放出を起こすかは、その場で考えればいい。

ドーム内に有機生命体の存在を示唆するものはない。施設は完全自動で稼働している。ドーム内に呼吸可能な大気、耐えうる圧力、適温が存在するかどうか、この状況では判断がむずかしい。タナクの住民たちは、正常に機能しているかどうかを調べるために、頻繁にここを訪れるのかもしれない。

この計画について、エイレーネには話していない。どのみち彼女もドームに侵入するつもりだが、自分の目標についてはやはりなにもいわなかった。彼女自身、なにをするつもりかはっきり知らないような印象がある。ただ、ドーム内で劇的かつ重大なことが起こると確信しているようなのだ。それがなにかは知らなくても、すこしも迷いはないらしい。

衛星バントゥラト表面の重力は〇・三G。

ネットウォーカー二名は、グラヴォ・パックのわずかな力だけで山脈の峰に運ばれていく。頂きからの眺めは印象的だ。山脈の反対側には岩をちりばめた広大な平原がひろがり、そこに恒星光を受けてきらめくドームがある。そのなかにひっそりと建つ巨大なシリンダー形構造物は、エネルギー・ジェネレーターだろう。半分の高さにくびれがある。ぜんぶで十六基あり、縦四基、横四基ずつ正方形に規則正しくならんでいる。

バントゥラトから銀河間空間の虚無が見えた。暗黒の天空のなかほどに惑星タナクが三日月形にほのかに光っている。色は単調な赤みがかった黄色で、輪郭はくっきりしている。ときどきほのかに光るグレイの点が、惑星表面に不規則にならぶのが裸眼でもわかる。カルタン人の居住するドームだ。

住民はカプセルの接近に気づかなかったのだろうか。それともなんらかの理由から、反応しないほうがいいと判断したのだろうか。かれらが高性能の探知装置を所有することは確実だ。《ナル》を探知しなかったとは考えられない。まったく動きを見せないのはなぜだろう？　未知者が衛星に着陸したのに、気にならないのか？

アトランはエイレーネとならんで立つ。そこは岩の切れこみで、両側の岩は背丈の数倍の高さにそびえている。アトランは足を前に踏みだし、山の反対側の斜面を見おろした。岩の切りたつ急斜面で、平原まで三千メートルの高さがある。かれはドームに目を向けた。シントロニクスのセンサーがドームのエネルギー構造を分析する。ドーム壁を通過できるチャンスがそもそもあるかどうか、数分でわかるだろう。

アトランは向きを変えた。エイレーネの横を通りすぎて、反対側の谷を見おろす。カプセルの着陸場所だ。《ナル》はいまもなお同じ場所にとまっている。どことなくほっとしたが、状況の見た目の安定性があてにならないことはわかっている。超現実はカプセルを異物とみなすらしいから。起こりうる未来の惑星では、カプセルは限定された滞在許可しか得られない。架空のパイリアでは消滅したが、ここでも長くは持つまい。

エイレーネのほうに向きなおると、彼女は決めかねるように不動で立っている。なにかを待っているのか？

「先に進もう」と、提案する。

「どこへ？」

かれははっとした。それはエイレーネの声ではないのだ！　わがままな子供の悲鳴のように甲高く鋭い響きを持つ声。エイレーネ自身も驚いて顔をあげ、周囲を見わたし、「あら、そこにいたのね！」と、友好的に声をかける。「あなたを待っていたのよ」

アトランは驚いてエイレーネの視線を目で追う。すると、ほんとうに小男がそこにいた！　身にまとっているのは、色とりどりのはぎれを合わせた上着だけ。大気圏を持たない未知衛星で有機生命体がかならず必要とする防護服は着用していない。トカゲみたいな顔が生意気ににんまりし、皿に似た耳は顔の横に伸びている。

「ああ、わたしだ」甲高い声で応じる。「で、そこのばかはどこに行くつもりだい？」

その声は音として聞こえてくる。真空状態では無理なはずなのに！　すくなくとも自然法則ではそういわれている。だが、起こりうる未来の架空世界では、法則にかまう必要はないということか？

「ばかは平原にあるドームに行くつもりだ」アトランが応じる。「それと、きみはだれなのか、教えてもらいたい」

小男は小生意気な笑い声をあげ、

「トゥミカと呼んでくれ」と、甲高い声でいった。「あんたの知らない言語で従者という意味だ。ところで、そのアイデアはぜんぜん悪くない。わが女主人も、あんたたちがあそこのドームに行くことをお望みだ」

＊

エイレーネは、まずはアルコン人に会話をまかせるつもりらしい。

「きみの女主人？」アトランがたずねた。「スィ・キトゥか？」

「ああ！　では、あんたも彼女のことを聞いたのか。ちいさき者たちの主人で、熱力学第二法則の守護者で、エントロピーの母。彼女について、なにを知っている？」

「なにも知らない」アルコン人は正直に答えた。「非常に秩序正しいわけではない宇宙の発展に興味を持つと聞いたことがある」

トゥミカは鋭い笑い声をあげた。

「そういえるかもしれない。スィ・キトゥが支配するのは、あんたたちの自然法則の目がとどかないところだ。ずっと深い、自然の空間量子や時間量子のかなたの、時空にたくさんの穴のあるところ。スィ・キトゥはもっともちいさいものから宇宙の運命を操作する。たえず増加するエントロピーを力にして」

「きみの女主人は、われわれになにを望んでいる？」アトランが訊く。

「彼女が？　あんたたちに？」小男は意地悪く叫んだ。「聞くんだ、おろか者。スィ・キトゥはなにも望んでいない。だいたい、あんたたちの存在すら知らないんだ。そっちが彼女を呼んだんじゃないか。そこにいる、あんたの連れが。それともわたしの聞き違いだったのか？」

「われわれは危険な状態だった」アトランが認める。「エイレーネがきみの女主人の名を呼んだのは、彼女が助けてくれると考えたからだ」

「そして、彼女は助けた。違うか？　あんたたちがエントロピー低下の状態にあるのを見てとり、対策を講じるために救った」

トゥミカの率直さはきわだっている。スィ・キトゥが自分たちを救ったのは同情心からではなく、エントロピー低下を是正するためだったとは。そのことを認める必要がないのに認めたのは、かれが強い立場にあることを利用するためだろう。女主人の親切心をよそおう必要はなく、状況をあるがままに描写できる立場にある。ネットウォーカー二名の運命はスィ・キトゥにはどうでもいいのだ。彼女の唯一の関心事はエントロピーを増加させることだから。

「きみの女主人がどのような理由からわれわれを救ったかは、どうでもいい」と、アルコン人。「いずれにせよ、われわれは感謝している」

「感謝だと、はん！」小男がしわがれ声でいった。「感謝などスィ・キトゥにはなんの足しにもならん」

「つまり、見返りがいるのだな」と、アトラン。

「まさにそのとおり！」小男のしわがれ声。「世のなか、持ちつ持たれつっていうだろう。商売とはそういうものさ」

小男はスラングの慣用句がお得意らしい。おまけに、インターコスモを使っている。そのことのほうが驚きといえる。

「では、スィ・キトゥがわれわれになにをもとめているのか教えてくれ」アルコン人が要求する。

トゥミカは高い岩の上でからだをすこし横にまわし、ドームのきらきらする壁をさししめす。

「あそこにエネルギー生成施設が建設された。あれが宇宙のエントロピー構造にそうようなダメージをあたえる。あんたたちの任務は、ジェネレーターを機能不全にすること。しかも、二度と作動できないように」

アトランは驚愕した。

「困難な任務だな」と、応じる。「おそらく遂行不可能ではないか」

「自身の利益のために、方法くらいなんとか見つけることだ、阿呆め」トゥミカがあざける。

「きみの女主人に感謝はするが……」

「感謝はもう聞きあきた！　身の危険を冒さないのは感謝がたりないからではないか。エネルギー生成施設をとめたら、さらに報酬があるぞ。自由だ。スィ・キトゥは、あんたたちがきたところへ返してやるといっている」

アトランはすぐに反応しない。そのようなオファーは予測していた。だが、小男の言葉を真に受けていいものだろうか？　たとえジェネレーターを破壊できたと仮定しても……だれがスィ・キトゥに約束を守らせるというのか？　エントロピーの母は、つねにおのれの関心事に沿って行動すると、トゥミカが率直に認めたではないか。

「エネルギー生成施設を破壊するのが彼女にとって重要なら、なぜ自分の従者に命じない？」アトランはたずねた。

トゥミカは、答えるかわりに身を起こして岩から跳びおりた。矢のように速い反応だったので、アルコン人は思わず一歩しりぞく。小男が襲ってくるかと思ったのだ。

トゥミカは安定して着地した。石が砕けてゆっくりと飛び散っていく。かれは腕をさしだし、

「握手だ、あんたたちまぬけがするように」と、アトランにもとめた。

アトランはためらいがちにその手をつかむ。いや、つかもうとしたのだが、ネット・コンビネーションの手袋は、トゥミカの鉤爪のある鋭い三枚刃のはさみに見えるものにまったく抵抗を感じなかった。かれが伸ばした手は、真空をつかむように素通りした。

「答えがわかっただろう？」小男が甲高い声でいった。「宇宙的勢力は、四次元連続体の出来ごとに直接介入することはできない。だから手先がいる。あんたたちがその手先

だ。理解したか？」

　なるほど、そうか……アトランは理解した。トゥミカの意図とはまったく違う種類の理解だったが。小男が岩棚から跳びおりたとき、石が割れて飛び散るのが見えた。非物質の手は見せかけにすぎまい。トゥミカが……かれがそう思わせようとしているように……非物質であれば、足の衝突に地面が反応するはずはないではないか？

　小男を信用してはいけない。つまり、報酬をあたえるという約束もあてにならない。それでも、ほかの選択肢はなかった。任務を受けるしかない。自分たちにふたたび自由をあたえることがなんらかの理由でプラスになると、スィ・キトゥが考えることを願うばかりだ。

　アルコン人は、真剣に思考するかのように岩の切りこみにそってゆっくりと前進し、谷底をいま一度のぞき見た。

　カプセルは消えている。これでふんぎりがついた。

「きみの女主人の任務を受けることにする」

4

従来の知識では説明できないことに頭を悩ましてもむだだし、なにも得られそうにない。トゥミカはエネルギー・ドームに構造通路をつくり、ネットウォーカー二名とともに通過できるようにした。なんの装置も使わずにどうしてできたのか、アトランには謎だった。構造通路は数秒間存在したが、ドーム内部から空気分子一個すら漏れでることはなかった。

それについて質問すると、小男は次のように応じた。

「頭を悩ますな、ぼんくら。どのみち、あんたには理解できないことなんだから」

アルコン人はその答えを受け入れるしかなかった。魔法をかけたように開かれた構造通路も謎だが、トゥミカが防護服なしで真空で生存できることも、手を非物質に見せかけたことも、それにまさるとも劣らず謎なのだ。

小男が自分を呼ぶ軽蔑的な表現は根本的には気にならない。一万年以上生きてきた経験によって、そうしたことを無視する崇高さが身についている。だが、いつかはトゥミカの生意気で不遜な態度にしっぺがえしするつもりだった。

エネルギー生成施設のシリンダー十六基は、近くから見ると圧倒的な大きさだ。ベトンに似たグレイの物質を溶かして成型した柱のような塔で、高さは二キロメートル以上ある。直径は基部が五百メートルで、くびれ部分は十パーセント減。塔付近の地面は震動している。エネルギー生成施設はまちがいなく稼働中ということ。だが、エネルギーがどこに供給されるのかは見てとれない。

塔が形成する正方形の敷地中央に、窓のないひらたい建物が一列にならんでいる。上空からは見えなかったものだ。エネルギー生成施設の制御がここでおこなわれることは、すぐれた空想力がなくてもわかる。

「わたしはここから先には同行できない」トゥミカが説明する。「成功を祈る。うまくいけば、そのぶん早く起こりうる未来から出られるんだから」

次の瞬間、かれはいなくなっていた。パイリアでのときと同様に、あとかたもなく消えたのだ。アトランはしばらく心を決めかねて立ちつくす。小男が実際に去ったのか、不可視状態でそばにいて、〝ぼんくら〟とその連れが受けた任務をほんとうに遂行するかどうか監視しているのか、わからない。

アルコン人は少女に向きなおり、

「かれがいまもわれわれの話を聞いていると思うか？」と、たずねる。

エイレーネは曖昧《あいまい》なしぐさをして、

「わからない」と、答えた。「でも、テラ語は理解できないんじゃないかしら。スィ・キトゥも宇宙の言語すべてがわかるわけじゃないもの」彼女はここで言語を切り替える。「トゥミカのことは信用しないほうがよさそうね。なにか下心があるみたいだもの。いやな感じの。どこかに危険がひそんでいるわ」

「そうかもしれない」と、アトラン。「だが、もっと気になるのはべつのことだ。かれは約束を守るだろうか？」

「絶対に」エイレーネの絶対的な自信に驚かされるのは、これがはじめてではない。

「宇宙的勢力が嘘をつく必要はないもの」

アトランには、もはや確信できない。自分は非物質だからエネルギー生成施設を破壊できないとトゥミカがいったのは、嘘ではなかったか？

ふたりはグラヴォ・パックを再調整して巨大な塔のあいだを浮遊し、施設中心部に接近していく。アトランの最初の目標は、正方形の敷地中央に細長くならぶ、小屋に似たひらたい建物だ。列の山脈側のはしにおりたち、入口を探す。まもなく、建物の壁に高さ二メートルの長方形のラインが見つかった。のこされた問題は開閉メカニズムを探りだすことだ。

そのあいだに、シントロニクスによるドーム内空気の分析結果が出た。空気は呼吸可能、〇・八九気圧、温度は十一度と微妙に寒い。カルタン人は酸素濃度が高く寒冷な惑星を好んで定住すると聞いたことがある。渦状銀河M－33にあるかれらの故郷惑星カルタンの気候は、テラの大氷河時代のそれと似ているという。

アトランは、長方形のラインの外側の壁に手を触れてみる。開閉メカニズムがわかるように設置されていないのは不思議に思われた。エネルギー生成施設は全自動で稼働し、エネルギー・ドームで保護されているだけで監視もない。それほど無頓着なのは、異星人の侵入を予測していないからのはず。それなのに、ドアの開閉が困難なのはなぜなのか？

かれは数分後にあきらめ、ニードル銃を使ったらどうかと考えたとき、

「たぶんここだと思う」と、エイレーネが提案し、ドアのまんなかに手袋をはめた手を当てた。

すると、驚いたことに壁の長方形ラインにかこまれた部分が引っこみ、横に回転していく。アトランがなかを見ると、青白い蛍光ライトに照らされた長い空間に、機能不明な設備装置が数列ぎっしりとならんでいた。

アトランはいぶかしげにエイレーネを見る。

「きみのことがだんだん不気味になってきたな、お嬢さん」

「たんなる論理よ」エイレーネはにっこりする。「昔、カルタン人はドアを押して開け

ていたんじゃないかしら。時とともに技術は発達したけれど、作動させる場所はいまもドアパネルのようね」

ふたりが足を踏み入れると、背後でドアが閉じた。ヘルメットはすでに脱いだ。装置類はかすかな高いうなりをたて、さまざまな色のコントロール・ランプが点灯している。デジタル表示盤にしめされた数字は、エイレーネにもアトランにも読めない。装置類表面の、朗読台に似たななめのプレートにも文字が記されているが、やはり意味不明だ。

アルコン人は、室内をおおまかにチェックする。装置類は一列十二台ずつ、四列にならんでいる。構造はみな同一らしい。マシン四十八台……外に建つのは十六基のジェネレーター。どの塔も三重に安全を講じ、一基につき三台の制御装置が設定されているのか？

エイレーネもひととおり観察し、空間の長さが建物全長の三分の二しかないことに気がついた。まだ部屋があるはず。奥の壁を探して、すぐに成果があった……だが、予想外の開き方で、瞬間的にぎょっとさせられた。

そこにドアはなく、壁全体が動いて床に消えたのだ。壁の背後にあらわれたホールの長さは、建物ののこりに相当する。ほぼ中央に馬蹄《ばてい》形の大きなコンソールが鎮座し、多数のシートがそなわっている。その奥に高さ一メートル半くらいの箱形の物体がいくつもあるが、見たところ利用法を示唆するものはない。マシンパーツの輸送に使われた容器なのかもしれない。

アトランは、エイレーネの発見に注意を引かれてコンソールを調べたが、どう機能するのかはわからない。目的はなんなのか？　ジェネレーター塔を制御する装置は最初のホールに置かれている。そのほかにコンソールがあるのはなんのため？

ふたつのホールのあいだの扉は床下に消えたままだ。アトランが決意しかねていると、エイレーネが提案してきた。

「最初のホールのマシン四十八台のほうが重要度が高いようね。あなたはそっちに行ってて。そのあいだにわたしはコンソールを調べるから」

なぜこれほど自信を持てるのだろう、と、アトランは不思議に思う。エイレーネは技術関連の通常教育を受けたとはいえ、とても専門家とはいえない。ここでかれらがあつかうのは、異質のメンタリティを持つ異種族が開発した技術なのだ。ほんとうにコンソールの秘密を引きだせると考えているのだろうか？

だが、それをいうなら……彼女はスィ・キトゥの助けを呼びよせたのではなかったか？　小男との再会を予言しなかったか？　自分が何分間もためしてだめだったドアの開閉メカニズムを見つけなかったか？　彼女は教育から得た知識以上のものを持っている。とくに直観力にかけてはそうとうなもので、習得した知識でたりなくなると、きまって直観力に助けられている。

アトランはあらたに気合いを入れて四十八台の装置の調査にとりかかった。最初、それぞれの塔にコントロール・システムの予備が二台あると推測したのだが、二時間近くかけてそうではないことを突きとめた。各ジェネレーター塔は装置三台によってコントロールされ、それぞれの装置が具体的かつ特定な機能を持つらしい。

ここまでくれば、あと数歩でエネルギー生成施設の機能原則を理解できそうだ。数千年前に旧友ファルトゥルーンから伝授された智恵を思いだす。

「友よ」あの宮廷医師はいった。「自然の持つ力の数はかぎられている。発展中の文明は、技術が進歩するプロセスでかならず同じ力に何度も行きあたり、やがてそれを利用する方法を学びとる。なにはともあれ、宇宙の果てまで飛ぶことだ。そうすれば、われわれと同じ方法で宇宙船を推進させ、同じ方法でエネルギーを生産する生物に出会うだろう」

この言葉が思い浮かんだのは、カルタン人のエネルギー生成施設で利用されているのがテラ技術において五百年ほど前まで一般的だったニューグ＝シュヴァルツシルト原理だとわかったときだ。燃料のニューガスは、バントゥラトに埋蔵する物質から加工され、パルス状放射として反応炉に送りこまれる。まずニューガスはここで、いわゆるシュヴァルツシルト・フィールドの、超強力な極小サイズ重力フィールドの影響圏に達する。核子は数ピコ秒以内にフィールドの事象の地平線の下に沈み、このとき物質の半分は高エネルギー性ガンマ線のかたちで放出され、のこりの半分はふたたび反粒子となる。次にシュヴァルツシルト・フィールドを開くと、粒子と反粒子が反応し合い、やはりガンマ量子というかたちの純粋エネルギーに分解する。ジェネレーターの三つめの要素はコンヴァーターで、安定したガンマ線から従来の作業エネルギーを生産していた。これがエネルギー生産プロセスの三つの要素であり、各要素を設備装置三台のうち一台が制御する。

ここまで解明すれば、あとはなんの苦労もいらない。設備装置の機能原理は電子工学だ。まずはエネルギー生産を麻痺させる。それには〝オルガン〟の助けを借りて燃料を加工・供給する装置の調子を狂わせ、作動停止に導く。反応炉である十六基の塔が休止すれば、その後の操作によって核爆発を起こす心配がなくなる。あとはニードル銃で装置を次々と機能不全にすればいい。これでエネルギー生成施設は破壊され、タナクに住むカルタン人はそれを再構築するのに数年、もしかすると数十年かかるだろう。

アトランは仕事にとりかかることにした。ニューガス加工の制御装置を確認し、オルガンを作動させるようシントロニクスに指示する。

そのときだ。エイレーネの悲鳴が聞こえた。アトランははっとして顔をあげた。

「どうした?」当惑して訊く。

「だめよ!」エイレーネが叫ぶ。彼女の声には絶望と懇願の響きがある。「なにもしないで！　動いちゃだめ！　装置になにもしないで。お願いだから」

アトランはエイレーネに駆けよった。オルガンはすでにわずかの妨害インパルスを送っていたが、制御装置に深刻なダメージをあたえるほどの量ではない。シントロニクスが警告を理解し、すぐに反応した。

エイレーネは馬蹄形コンソールを始動させた。シートにすわる彼女の前に大きなヴィデオ・スクリーンが光をはなっている。スクリーンの左右のすみにはさまざまな色の光点がならび、カルタン文字の記入がある。点と点のあいだはさまざまな色の線で結ばれている。

エイレーネが顔をあげた。このような状態の彼女を、アトランはこれまで見たことがない。泣いたあとのように目が赤く、視線には絶望感と恐怖があらわれている。

「もうすこしで残酷な犯罪をおかすところだったわ」小声でためらいがちに話す。「光点が見えるでしょう？」

アトランはうなずく。

「右側の十六個の点は、エネルギー生成施設のジェネレーター」エイレーネが先をつづける。「左側の点は、タナク地表のエネルギー・ドームよ」

アルコン人は息をのんだ。少女のいいたいことがわかったからだ。

「ジェネレーターをストップさせていたら、数秒後にタナクにあるドーム十六個が消滅して、知性体数十万名が真空のなかで死ぬところだったわ」

アトランの耳のなかで鼓動がはげしくなる。驚愕の炎が、突然の発熱のように体内を貫いた。スィ・キトゥの意図は……ネットウォーカー二名を数十万の生命体の殺害者にすることだったのか？

しかし、この疑問ととりくむことはできなかった。ホールの奥にある箱形の物体が動きだしたから。

＊

命が助かったのは、間髪《かんはつ》を容《い》れずに反応したおかげだった。アトランは大きくジャンプしてコンソールを跳びこえ、エイレーネをつかむ。彼女のからだは床に飛ばされた。

「ロボットだ！」と、アトラン。

かれがたったいま立っていた場所にエネルギー・ビームが当たり、ホールの床をうがった。金属的なうなりが通過して、周囲の空気が震動する。ネット・コンビネーションが自動的に反応し、ヘルメットが閉じるとともに防御バリアが生じた。

コンソールごしに見ると、箱形構造物五個が驚くほどすばやく動きだしていた。おそらく、オルガンがつかのま発した連続インパルスに警告を受けたのだろう。敵対的な意図を持つ何者かが制御室の設備に手を出そうとしていることを察したのだ。箱形物体は見かけこそ原始的だが、実際はそうではないらしい。床からてのひら一個ぶんくらい上の反撥フィールド上を浮遊し、そうとう敏捷《びんしょう》と思われる。武装があることは、すでに見たとおりだ。

かれの横でエイレーネが身を起こし、

「こちらがコンソールのうしろにいるかぎり、撃ってはこないわ」と、口早にいった。

「装置を破損させてはいけないから」

アトランはうなずく。ロボットは幅ひろい前線で前進してきた。外側のロボットがほかのより迅速に動く。コンソールを包囲するつもりらしい。そうなると、侵入者二名はかんたんで確実な標的となってしまう。

「後退する！」アトランが指示する。「装置からはなれずに身をかくすんだ。前進！」

エイレーネは一秒を争うことだと悟り、さっと移動した。アトランはニードル銃を手に、ゆっくりとあとを追う。万一のときには武器を使うことになる。だが、的をはずすことは許されない……それはロボットも同じこと。そのとき、太いエネルギー・ビームがばりばりとうなりをたてて空間を貫いた。かれはののしりの言葉を嚙み殺す。エイレーネは攻撃を予見し、転がったり跳ねたり這ったりしながら、つねに方向を変えて移動する。ビームは彼女の上方を通過し、ホール反対側の壁に当たった。

純粋なエレクトロン装置を前に、いくら逃亡を試みても見こみはあるまい。マイクロチップの反応は、有機体の脳より何千倍も速いのだから。だが、ロボットの武器アームは機械なので、標的を新しく変更するたびに数ミリ秒を要する。

オルガンを作動させることができさえすれば、危険を楽に回避できるのだが！　安定した妨害インパルスをシャワーのように浴びせれば、カルタン人のロボットはその場で方向感覚を失うだろう。だが、ロボットを混乱させる妨害インパルスによって、エネルギー生成施設の制御装置も作動不能になってしまう。タナクのドーム内には、数十万、いやおそらく数百万の生物が住んでいるのだろうから。かれらの命を救うために、自分が命を失うことになるかもしれないとは、過酷な皮肉というものだ。

エイレーネはようやく設備装置の列にたどりついた。彼女に向かって二度ビームが発射されたが、けがはない。アトランは大きく足を踏み切った。目の前にあるのは八メートルほど開けた床だ。エイレーネの戦術をまねて進む。すぐにロボットの武器アームからビームがはなたれた。アトランの脚に当たり、防御バリアがちかちかと光る。だが、命中ビームのエネルギーはバリアが吸収した。

ロボットは移動速度をあげた。すばやく攻撃しなければ侵入者に逃げられると理解したらしい。アトランは一瞬のうちに設備装置に身をかくした。マシンはいまや、床に沈んだドアのラインをこえて進んでくる。アトランはニードル銃を発射し、相手に打撃をあたえたかどうか見る間もなく、ふたたび設備装置のうしろに身をかくした。

のこる障害物はドアだ。開閉メカニズムに時間をとられれば負ける。ホール手前の部分には、ロボットの攻撃から身を守るものがないから。

ふたりは装置類の列のあいだを這い進む。ロボットはいまや、敵の位置を知っており、かれらが次にあらわれる場所に注意を集中させていた。

エイレーネは列の終わりに到達し、パラライザーをベルトから抜いて慎重に握った。いったいどうするつもりなのか？　ロボットを神経ショックで作動不能にするとでも？

少女はすばやく手を上に伸ばし、武器を投げ飛ばした。背後にいたロボットたちは、この動きを決定的な脱出の試みのはじまりとみなしていっせいに発射。高エネルギー・ビームの束が五条、きーんとはげしい音をたてながらドアの直前の床に当たった。

そのあいだにパラライザーは目標であるドアパネルに命中し、床に落下。感圧性メカニズムが反応して、ドアがてのひらほど内側にずれ、横に回転した。出口は開かれた。

「グラヴォベクトル、最高出力！」アルコン人が指示をあたえる。

ロボットたちは、だまされたことにやっと気づき、発射をやめた。この瞬間、グラヴォ・パックが作動する。ネットウォーカー二名は、砲口から出る砲弾さながらに設備装置のあいだから飛びだし、開いたドアを通って外に出た。エネルギー・ビーム二本が音をたててあとを追うが、なんの危害もあたえない。

アトランはもよりの反応炉塔に方向設定し、エイレーネが追いこせるよう速度を落とす。ふたりは数秒後に、高さ二キロメートルの巨大なシリンダーのへりに着地した。反応炉の上部はたいらで凸凹がなく、直径五百メートルの円形平面になっている。

アトランが下方を見ると、一分前にいた長い建物が玩具箱の積み木のように見える。いま開口部から外に出てくるロボットは、見えるか見えないかくらいのちいさな点だ。ロボットたちは建物の周囲を何度かまわると、また内部にもどっていく。逃亡した侵入者を追跡する試みはプログラミングされていないのだろう。かれらの任務は制御装置を防御することだけだから。

アトランは吐息を漏らした。死の危険からまぬがれたことをやっと実感し、胸をなでおろす。同時に怒りの炎が燃えあがった。大口をたたく従者を送ってよこし、なにも知らないネットウォーカー二名に知性体数十万名を殺すよう説得させた、スィ・キトゥと名乗る宇宙的勢力はいったい何者なのか？

「小男の頸をへし折ってやる！」アルコン人は歯ぎしりする。「もう一度ここにくるようなことがあれば……」

エイレーネはなにもいわない。アトランは意外に思い、塔のへりからもどって周囲を見わたした。

噂をすれば影のように、十メートルはなれた、塔上部のたいらなベトン表面に小男がすわっている。エイレーネが最初に見つけて歩みよったが、トゥミカの注意はアルコン人に向けられていた。悪意のあるにやけ顔をつくり、甲高い声で話しかけてくる。

「あんたが頸をへし折りたいというのはわたしのことか、まぬけ？」

＊

アトランは動かず、エイレーネはにんまり顔の小男から二歩はなれて立つ。小男が状況を楽しんでいるのは明らかだ。

「あなたの女主人って……何者なの？」エイレーネがたずねた。「罪のない人々が死ぬのをよろこぶような人物なの？」

「へへへへ！」トゥミカはあざけりの声を発した。「しくじったな、阿呆ども！　それなのに、いまやスィ・キトゥをののしろうとするわけか？　いずれにせよ、ののしっているが。あんたたちがいくら悪態をついたって、女主人には痛くも痒《かゆ》くもない！」

「わたしが彼女のほんとうの名を呼べば、そうとうな打撃でしょうね」少女がいった。

トゥミカが立ちあがった。醜い顔の表情が一瞬のうちに変化する。冷笑や愚弄は一掃され、大きな複眼に不安の光が見える。

「やめろ！」小男が声を張りあげる。「わが女主人の名前はたったひとつ、スィ・キトゥだ。ほかの名前はない」

「いいえ、もうひとつあるわ」エイレーネはいい、さらに一歩、小男に近よった。

トゥミカは両腕を高くあげ、不安そうなめそめそした声を出す。ふいにアルコン人は、創造の山での出来ごとを思いだした。ペリー・ローダンがスィ・キトゥに向かい、別名を呼んで挑発したのだ。かれはもうすこしで大変な目にあうところだった。なぜなら、それは蔑称であり、その名を呼ばれたスィ・キトゥは極度に憤慨して反応したからだ。だが、ローダンが三つめの究極の謎の答えを受けとらないことにしたので、エントロピーの母の怒りはしずまった。

どのような名前だったか、アトランには思いだせない。無限アルマダのスラングに近い深淵語で〝娼婦〟の意味を持つ言葉だ。宇宙的勢力の作用をよく知る事情通はみな、スィ・キトゥをそう呼んでいる。なぜなら、スィ・キトゥは宇宙発展の問題に対して色目を使い、エントロピーを増大させるためであれば、素性のしれない目的ですら、いわば抱擁して歓迎するからだ。

小男は不安と驚愕で自制心を失い、少女に断言する声が引っくりかえる。

「べつの名前をいってはならない！　口に出すな！　わたしに慈悲心をかけてくれ。わたしがその蔑称を耳にしたら、スィ・キトゥに殺される！」

「当然の報いだわ」エイレーネが容赦のない険しい声で応じる。「あなたはわたしたちに、一惑星の全住民を抹殺させようとした。わたしたちが依頼どおりに行動していたら、あなたは最後にわたしたちを嘲笑して、約束なんか守らなかったんでしょうね」

「悪いようにはしないから」トゥミカが悲鳴のような声でいう。「悪いようにはしない。ただ、その名前だけは口にしないでくれ！」

だが、少女の決意はかたい。小男が少女の前で頭を垂れて慈悲を請うようすを、アトランは興味深く観察し、泣きすがる声を聞いた。ほんとうとは思えない場面だ。十六歳の少女の威厳と、宇宙的勢力の従者を自称する小男のみじめさ。エイレーネの知識は、コスモクラートから引きだしたものだ。その知識があるから、スィ・キトゥの蔑称を知る者が大きな力を持つことを悟った。創造の山における出来ごとについての父の報告は、もう記憶にのこっていないはず。

「消えなさい、小男！」少女が叫ぶ。「あなたの不正直な提案なんか、いらないわ。女主人のところにもどって、告げるがいい。宇宙が彼女をどう受けとめているか。彼女はいまも今後も……」

「やめろ！」トゥミカが悲鳴をあげる。「名前をいうな！」

エイレーネは容赦しない。さげすみの笑みを浮かべて、その名を三回くりかえす……あのとき架空惑星パイリアでしたように。

「カハバ……カハバ……カハバ……」

小男は絶望にかられて甲高い声をあげ、宙に跳ねた。しかし、空中ですでに消滅のプロセスにつかまった。こんどは非実体化するようにふいに消えるのではなく、輪郭がぼやけてから透明になり、空中にただよう。そこに突風が吹きつけて、かれを運び去る。最後に鋭い悲鳴をあげ……トゥミカは消えた。

アトランは驚いて空を見あげた。異宇宙の恒星の手前に影がさしたような気がしたのだ。さっと暗くなり、頭上の空に異銀河の星々のなす色とりどりの光点があらわれた。

エイレーネが勝ち誇った叫び声をあげた。蔑称を三度、口にすることによって少女がなにを引き起こしたのか、アトランはこのとき悟った。

＊

「おかえりなさい」《ナル》がかすかな皮肉をこめていった。「今後は当面、別離はないでしょう」

「わたしの考えによれば……」アトランは棘《とげ》のある調子でいいかけたが、つづきは口にしないことにした。

操縦席前方で、コスモヌクレオチドの不可思議なグリーンの背景照明がほのかな光をはなつ。多彩色にきらめくプシクが踊るような動きでたえまなく移動をつづける。変移は最初のときと同じく、ふいに訪れた。暗闇はほんの一瞬だけで、ふたたび周囲が見えるようになったときには、アトランはカプセルの機首キャビンにいたのだ。

エイレーネが深刻な面持ちで横に立つ。しかし、美しい顔には満足と安堵があらわれている。

「お嬢さん」アトランが語りかける。「きみがどのようにしてこれを引き起こしたのか、いや、そもそもなにを引き起こしたのか、わたしにはわからない。だが、感謝する」

エイレーネは大きく聡明な目でかれを見て、

「わたしがあなたに危険をもたらしたんだもの。だから、そこから解放したの。感謝する必要はないわ。無責任な行動だったこと、いまになってわかった。子供っぽい行動といえるかも。ごめんなさい。釈明の必要があるわね」

〝そんなことをいうんじゃない。きみを責めることはだれにもできない。罪の意識を持つ必要はないのだ〟といいかけたが、口にするのはやめた。彼女の真剣さに心を打たれたからだ。空疎な言葉で傷つけることは許されない。

「これから家にもどりますよね」カプセルが若者の持つ無造作な調子でいった。このところよく使う口調だ。

「そう、もちろんだ」アルコン人が応じる。「発見可能な最速の方法で」

すこししてから、上階にあるこぢんまりしたキャビンで休憩してもいいか、とエイレーネがたずねた。

「休みたいだけ休むがいい」アトランが応じる。

少女が退室すると、アトランは操縦席にすわり、考えこんだようすで多彩なプシオン情報量子の群れを眺めた。《ナル》は測量をつづけ、入念に記録していく。データ入手ということに関していえば、この探検飛行もまったくむだだったわけではあるまい。

アトランは考える。データ入手のほかにもなにか達成したことがあるだろうか？

かれとエイレーネは、ドリフェルのプシオン力によって起こりうる未来の惑星に漂着したのち、帰り道を見つけることのできた最初のネットウォーカーだ。だが、もし見つけられていないとすると、まだなにか予測不可能なことが起きる。

モラルコードがつくりだす宇宙発展の多数の可能性のうち、ふたつの未来を見た。永遠の戦士が凪ゾーンの拡張を非常な頑強さで推進したために、時空が不安定になり、宇宙のこの部分が急激に崩壊するのをこの目で見ることになった。

また、局部銀河群が異銀河ひとつぶん、拡大するのを目撃した。この光景は、かれにとって第一のものほど大きな意味を持たない。永遠の戦士がプシオン・ネットの破壊行為を進めすぎたために、標準連続体に危険が生じるというのは、数名の悲観主義者が予見している可能性だ。だが、新しい銀河が局部銀河群のなかでなにをするつもりなのか、なぜこれが未来の代替的可能性なのかは、説明がつかない。

スィ・キトゥの従者トゥミカとの出会いはどうか？　アトランはスィ・キトゥを、美しく着飾った付属品だとみなしている。起こりうる未来を具現化した存在でないことはたしかだ。トゥミカの登場は外部から演出されたもので、ドリフェルは関係していない。

だが、この出来ごとによって、べつのもっと重要なことが明示された。ほんの数年前のことだが、ゲシールとペリー・ローダンの娘エイレーネがパラノーマル能力の使用をやめたことを知って、サバルの都市ハゴンの住民は胸をなでおろした。それまではときどき能力を使うだけの子供だったが、不可解だと恐れたり、力を制御できない未熟なミュータントとみなしたりする人々もいたからだ。一方ではエイレーネは愛らしい少女で、だれかの思考を読んでいいふらしたり、花瓶や食器などを訪問客の頭上でくるくるまわしたりしないかぎり、だれからも無条件で好かれていた。彼女がパラノーマル能力による手品をしなくなると、みんなほっとしたもの。それどころか、エイレーネはパラ能力を最終的に失ったといわれるようになった。たんに使わなくなったのではなく、もはや持たないのだ、と。

「とうとう、ほんとうにふつうの生物になった」と、当時のハゴンの住民は語った。

思い違いだ！　彼女がふつうの生物になることはありえない。アトランはそう考える。母ゲシールはコスモクラートの具象であり、エイレーネはこれまで世間が推測した以上に母の素質を受け継いでいる。おそらく彼女自身、内在する自分の能力について知らなかったのではないか。おそらく、コスモヌクレオチド内部への飛行によってはじめて、どれほど膨大な知識が意識内にひそんでいるかが明らかになったのではないだろうか。

いや、おそらくではない……まちがいなくそうだ！　最後に話したときのエイレーネの真剣さは、おのれの特別な才能についていまはじめて知った証《あか》しではないか。

彼女はもはや、特殊な才能を無責任にもてあそぶ子供ではない。若いが大人であり、ネットウォーカーなのだ。同意の刻印、つまりプシオン刻印を所有する。遊びの時期はもう終わったことを知っている。

これまでにわかったことは以下のとおり。永遠の戦士がプシオン・ネットの破壊をつづけるままにさせておけば、宇宙のこのセクターは崩壊するということ。また、はるかな未来の時点で、局部銀河群にあらたな銀河がひとつくわわる可能性があること。そして、エイレーネは、コスモクラートの遺産と解釈するしかない能力を開発し、知識をたくわえはじめたこと。探検飛行から得たこれら三つの認識のうち、三つめがもっとも重要に思われる。

「興味があるようでしたら知らせますが」と、《ナル》が告げた。「われわれ、まもなく標準宇宙にもどります」

＊

《カルミナ》の日付はNGZ四四六年四月十一日。アトランがカプセルを格納庫から出してドリフェル探検飛行に出発してから、標準時間で六週間近くが経過していた！

《カルミナ》の報告を受けて、ドリフェル・ステーションの人々は熱狂的な反応をした。

エイレーネがカプセルに乗機したことはすでに知られている。彼女ののこした書き置きが、アトランの出発から数日後に発見されたからだ。しかし、これまでコスモヌクレオチド内部に六週間もすごしたネットウォーカーはいない。《ナル》は乗員二名とともに失われたのではないかと危惧されていた。

ネットウォーカー二名の経験についての仮報告は、ドリフェル・ステーションおよびサバルで大きな興味を引き起こした。専門家たちは《ナル》の持ちかえったデータに夢中で飛びついた。かれらの最大の関心は、エイレーネの思いがけない出現によってアトランが心の平静を失い、カプセルがコースからそれた瞬間にあった。

アルコン人は、ネットウォーカー仲間のあいだで徹底的に訊いてまわったが、エイレーネが《ナル》に密航したことについて釈明をもとめる者はいなかった。たしかに彼女は規則を破り、カプセルと操縦士に深刻な危険をもたらしたが、一方ではカプセルと宙航士をふたたび危険から救ったのだから。それに、この探検飛行から得られた認識は、コスモヌクレオチド内部でおこなわれるプロセスの理解にすばらしい進歩をもたらした。

だが、エイレーネは事態の進展に同意せず、行動の責任をとると主張した。彼女がその主張をゆるめたのは、ペリー・ローダンがサバルへの帰途についたという知らせがドリフェル・ステーション内で発表されたときだった。

少女の意識内でなにが起こっているか、アトランには理解できた。エイレーネは自身の行為を……あとになって……許容できないと感じたのだが、そう考える者はひとりもいない。そこで、ペリーが聞く耳を持つかどうかはわからないが、父親に対して釈明するつもりなのだろう。また、父は娘に、彼女がネットウォーカーの定款に対して罪をおかしたかどうかを語るだろう。

ペリー・ローダンがまもなくもどるというニュースにともなって、多数の重要な情報が入ってきた。かれが遠征したのは、息子ロワ・ダントンとその同行者ロナルド・テケナーをトロヴェヌール銀河のオルフェウス迷宮から解放するのを手伝うためだ。ドリフェル基地に入ってきた報告によると、解放作戦は成功したらしい。人々は、ロワ・ダントンとロナルド・テケナーが迷宮の枷《かせ》を自力でとりさることに成功したという印象を受けた。そのような功績をはたした者には、かならず永遠の戦士から褒賞がある。おのれの力でオルフェウス迷宮から解放された者は、法典忠誠隊の理想に非常によく適合するからだ。噂によると、ダントンとテケナーはシオム・ソム銀河に向かっているという。永遠の戦士イジャルコルの牙城で昇格を告げられ、特権階級の地位を受けるのだろう。

この知らせを受けたとき、アトランはこぢんまりした自室キャビンにいた……前にエイレーネがかれを訪問した場所だ。かれの顔に笑みが浮かぶ。戦士イジャルコルを間近で見てから、まだいくらもたっていない。戦士が架空惑星パイリアで演壇の前に立ち、最終的勝利がもたらすものが死だけなのはなぜか、パイリア人に説明しようとしたときのことだ。

あれは起こりうる未来におけるイジャルコル、つまり超現実の産物だったが、ここで相手にしているのは現実かつ現在のイジャルコルだ。もっと真剣に受けとめる必要がある。

アラスカ・シェーデレーアもトロヴェヌール銀河の惑星ヤグザンにおける解放作戦に参加した。いまのところ、かれの消息だけがわかっていない。

エピローグ

起こりうる未来の宇宙における混乱はつづく。

《ナル》という名のカプセルが短期間侵入したことや、その乗員が特異な体験をしたことについて、ドリフェルは気づかなかった。

コスモヌクレオチド内部の統計は、もっと重要性の高いことととりくんでいる。

ドリフェルが非常に大規模な出来ごとの準備にかかっていることは、内部を垣間見た者には明らかだ。

ただし……どのような出来ごとが起こるのかはだれも知らない。

ドリフェル自身も知らないのだから。

あとがきにかえて

シドラ房子

二〇二一年十二月三十一日、トーンハレ管弦楽団のシルヴェスター・コンサートに出かけた。隣国ドイツでは、イベントは全面的に禁止で、大晦日のコンサートは前年に引きつづきオンラインだけ。わたしの住むスイスにおけるコロナ新規感染者数は、この時点の人口比でドイツの四倍を超えていたが、政府は緩やかな感染拡大防止対策をとり、飲食店やイベントでワクチン証明書または快復証明書が必要なのとマスク着用義務のほかはほとんど規制がなかった。ちなみにドイツでは……州によって多少違うが……イベントは禁止、飲食店と、食料品その他生活必需品以外の店舗への入店にもワクチン証明書または快復証明書の提示がもとめられ、集会の人数すら制限されていた。

チューリヒにあるコンサートホール、トーンハレ（Tonhalle）は、建築から約百二十年後の二〇一七年より一億七千五百万フラン（約二百十九億円）をかけて改築され、二〇二一年九月にリニューアルオープンしたばかりだ。もとの建物は取り壊されて完全に新しくなり、大ホールだけが……天井の絵画、人造大理石、金箔のある装飾など……もとどおり復元された。〝芸術の神殿〟という別称にふさわしい威厳と、すばらしい音響を持つホール。諸都市でモダンなコンサートホールが建築されて注目を集めている昨今、多くの人にとって予想外ではあったが、伝統的なホールが入念に改築されてのこされるのはとてもいいことだと思う。

座席数千五百と、どちらかというとこぢんまりした大ホールは、この日はほぼ満席。ワクチン接種が進んだこともあり、西欧諸国では二〇二一年夏ごろから人々の態度が大きく緩み、九月以降からコロナ感染者数が急増傾向にある。心配がないわけではなかったが、大晦日の夜を家で過ごすのはいやだった。日本でも知られているとおり、欧州人はキリスト教の大事な行事であるクリスマスを家族で祝い、大晦日は友人たちとパーティなどしてにぎやかに新年を迎える。

わたしは十五年以上にわたって、大晦日の夜と元日の朝をルツェルンにある教会の礼拝で演奏することで過ごしてきた。十二月三十一日午後五時半と午後十一時の二度の礼拝でオルガニストと演奏し、十一時四十五分に参会者全員で瞑想に入って新年を迎え、十二時の鐘の音を聞いてから、祝福と最後の曲。翌朝十時にはじまる元旦の礼拝のためにまたルツェルンへ。ところが数年前、親しくしている神父さんがべつの教会区に移られたため、この習慣はふいに終わった。そこで、十二月末に数日間、旅行に出かけることにした。ミュンヘンやブカレストなどの都市で年末のショーやコンサートを楽しみ、一月一日に帰宅する。すごくよかったので、次の計画をたてていたところへ、コロナがやってきたのだ。

一年前の年末にはすべて閉鎖され、家族以外の人に会うことすら制限されていた。今冬は、ワクチン証明書さえあればなんでもできてしまう。直接民主主義の国スイスでは、二〇二一年三月に国会が決めた対策に対して、六月に国民投票をおこない、賛成六十パーセントで政府のとる感染拡大防止措置に国民が従うことを決定した。その後反対派の声がまた強くなり、十一月に再度国民投票をおこない、こんどは賛成六十二パーセント。感染拡大防止対策のほか、給付金や補助金、医療施設等についての決定もふくまれる。スイスでは決定に時間がかかる、と隣国ドイツの人々はからかうが、それでもうまく機能している。もちろん小国だからこそ可能ともいえるが。結局、スイス政府は医療設備を強化することにつとめ、最良の治療を受けられない重症患者が出るような事態にならないかぎり、国民の生活を尊重する方針をとりつづけた。

シルヴェスター・コンサートのプログラムは、シューベルトおよびラベルの歌曲、ブラームス、ガーシュイン、ヒナステラと多様な構成だったが、いちばん楽しめたのはアンコール曲。有名なメキシコ人指揮者アロンドラ・デ・ラ・パーラのコメントで、アンコールの一曲目はメキシコの曲ということだけわかったが、作曲者名が知りたい。コンサート終了後にホールの前で、「オーケストラの団員は終わるとすぐに出てくるから、ここで待って団員に訊くのがいちばんかも」といっているうちにヴァイオリンを肩にかけた男性があらわれた。「すみませーん、アンコール曲の作曲家名を教えてもらえますか?」とたずねると、相手は「ちょっと待って」といって数秒考えてから、「マルケスと、ヒナステラ」と教えてくれた。

アルゼンチンの作曲家アルベルト・ヒナステラのバレエ音楽『エスタンシア』は、シルヴェスター・コンサートのラストを飾るのにふさわしい華やかな曲だ。メキシコの作曲家アルトゥーロ・マルケスのダンソン第二番は、この作曲家のもっとも有名な作品。その後YouTubeで何度も聴いた。ダンソン・シリーズのほかの曲も聴いてみたい。デ・ラ・パーラは、ラテンアメリカの曲を指揮すると、モーツァルトとかブラームスとかよりずっと力量を発揮する、と知人の指揮者がいっていた。

トーンハレ改築中の仮ホールとして、かつて工場敷地だった場所にトーンハレ・マーク(Tonhalle Maag)が建築され、数年間使用された。仮とはいえ並はずれて音響がよく、国際的に著名な指揮者たちから絶賛されたそうだ。もとベルリン・フィルハーモニー管弦楽団の首席指揮者で現在ロンドン交響楽団の音楽監督をつとめるサイモン・ラトルは、「このままトラックに積んでロンドンに持ちかえりたい」と願ったという。わたしもコンサートでマークを訪れ、とてもよい音響体験をした。いかにも仮住まいという感じのエントランスやホワイエにすごく温かみを感じるという人もいる。わたしはとくに親近感はおぼえなかったが。

昨年十二月末、マークハレ（Maag Halle）でおこなわれたアクロバット・ショーを見にいった。じつはこのとき、トーンハレ・マークとマークハレが違うものだということを知らなかった。ハレ（Halle）はドイツ語でホールのことで、どちらも省略してマークと呼んでいた。トーンハレ・マークは、前述のようにトーンハレ改築中の仮ホールで、二〇一七年に建てられ、二〇二一年九月までトーンハレ管弦楽団をはじめとするクラシック音楽のコンサートに利用された。マークハレのほうは、それより前に建築され、種々のショーやロックコンサート等をおこなう多目的ホールとして使われていた。大手歯車メーカーのマーク社が敷地を売却したのち、チューリヒ市西部のこの地域はこうした文化の中心地に発展していった。現オーナーの不動産業者は、ふたつのホールを取り壊して高層マンションを建てる予定だったが、文化財保護の対象であるためにチューリヒ市の許可を得られなかった。トーンハレ・マークは、イマーシヴ芸術を披露する博物館に改築され……いかに音響がよかろうと、チューリヒのようなちいさな都市で大コンサートホールふたつは運営できないからという理由で……、マークハレのほうは今後も多目的ホールとして利用されるそうだ。

マークハレにおけるアクロバット・ショーでは、有名なお笑いコンビの司会で、世界のすばらしいアクロバティストたちがみごとなパフォーマンスを披露した。ユーモラスな演出もときどきあって、心地よかった。背景音楽はジャズ、クラシック、民族音楽、ヨーデルをふくむ多彩なもので、音楽監督を担当したクラリネット奏者・作曲家は、スイス日本国交樹立百五十周年に在日スイス大使館に招かれて東京など数カ所で演奏したマティアス・ラントヴィンクだ。正確には、招待されたのはクヴァンテンシュプルングというグループで、マティアスはそのメンバーだった。

二〇二一年十二月十七日、ファビアン・ミュラー作曲のオペラ『アイガー』がベルン州ビール／ビエンヌで初演された。二〇〇八年に映画化された『アイガー北壁』のオペラ版といったところか。一九三六年、オーストリア人とドイツ人四名からなる登山チームがアイガー北壁初登攀をめざす。あいにく予期に反して天候が崩れ、全員が死亡した悲劇は非常にいたましく、このストーリーはいまもなお人々の心を強く惹きつける。舞台背景にアイガー北壁の画像がうつしだされ、その前に木枠が組まれていた。そこから八十センチメートル四方くらいの板が次々と落下する……落下音から察するに、かなり重い板なのだろう。危険きわまりない演出だが、雰囲気はよく出ていた。歌手は歌唱力と演技力のほか、木枠を何度ものぼりおりしたり、舞台道具のテーブルを積みあげたりと、かなりの体力を必要とする。音楽は自然の力の大きさと登山家たちの心境……そして悲劇を非常にうまく表現し、クライマックスは感動的だった。

ファビアン・ミュラー（五十八歳）はスイスの有数な作曲家のひとりで、作品に多数の管弦楽曲、交響曲、室内楽曲、オペラ等がある。ファビアンとは知り合いで、これまで作曲の依頼を試みたのだが、たいてい大曲を手がけていて小品を書く時間がないらしく、引き受けてもらえなかった。コロナ禍でイベントが長期間すべてキャンセルされたとき、いまなら時間があるかも……と期待してお願いしてみた。予想が当たって、とうとうフルート、アルプホルン、ピアノのための組曲を書いてもらえた。

アルプホルンは主として民族音楽で使われ、クラシックの曲は非常にすくない。しかし、民族音楽のレベルはしだいに高まり、技術的に高度化しつつある。今後、すぐれたアルプホルン奏者も増えると予測されるので、将来こうした作品のニーズは高まるのではないか……といったら、ファビアンも同意してくれた。

スイスでおそらくもっとも有名なアルプホルン奏者リザ・シュトルと初演する予定だ。わたしはフルートとパンフルートを演奏する。二〇二二年はすでにリザの予定がいっぱいなので、できれば二〇二三年一月にやりたいところだが……それまでにコロナ禍がある程度おさまっているかどうか……。

ところで、チューリヒから百キロメートルほど西に位置するビール/ビエンヌはフランス語とドイツ語の混ざった市だ。ご存じのとおり、スイスではドイツ語、フランス語、イタリア語、ロマンシュ語の四つが公用語とされている。当市では二言語が使用されるため、かならずビール/ビエンヌと、ドイツ語およびフランス語で表記される。スイスでは、アジア人はばかだからドイツ語が習得できないとみなされているらしく、こちらがドイツ語を話しても英語で答えが返ってくるか、相手は自動的に英語を話すかだが、ビール市……ここではドイツ語名を使うことにする……ではどこに行っても「ドイツ語？　それともフランス語？」と訊いてくれるのでうれしかった。

ビール市を訪れるのははじめても同然だったので、すこし早めに行ってオペラの前に観光をすることにした。前もって調べると、坂茂の設計したオメガ・ミュージアムがある。いくつもの有名時計ブランドを所有するスウォッチ・グループがつくった、オメガとスウォッチを統合した博物館。オメガ・セクションの入口に、月面と遠くに見える地球の大きな画像があり、宇宙飛行士の人形が立っている。人類初の月面着陸のときも、その他のアポロ計画にも、かならずオメガの腕時計や計測器が使われていたからだ。

高品質かつ低価格な日本製腕時計の台頭により、存続の危機に襲われたスイスの時計業界を救ったスウォッチ。創業した一九八三年に、百万個の腕時計を生産した。博物館には六千五百個の異なるデザインが展示されている。

五年間かけてビール駅の近くに建設された建物は、長さ二百四十メートル、高さ二十七メートルで、頭の部分が湾曲した蛇のようなかたちをしている。木材をふんだんに使用するのは、建築家坂茂の特徴だ。環境保護にもこだわり、すべてスイス産の木材を使っている。展示品よりも建物を見るために訪れる観光客も多いという。

オメガ・ミュージアムとオペラ『アイガー』のおかげで、とても充実したビール市訪問となった。

もう一年半以上、日本の土を踏んでいない。コロナ禍の前は年に二回かならず帰国していたのに。いつになったら〝強制的な〟隔離期間なしに入国できるのだろうか。

火星の人〈新版〉（上・下）

The Martian

アンディ・ウィアー
小野田和子訳

有人火星探査隊のクルー、マーク・ワトニーはひとり不毛の赤い惑星に取り残された。探査隊が惑星を離脱する寸前、思わぬ事故に見舞われたのだ。奇跡的に生き残った彼は限られた物資、自らの知識と技術を駆使して生き延びていく。宇宙開発新時代の究極のサバイバルＳＦ。映画「オデッセイ」原作。　解説／中村融

ハヤカワ文庫

SFマガジン700【国内篇】

大森 望・編

〈SFマガジン〉の創刊700号を記念したアンソロジー【国内篇】。平井和正、筒井康隆、鈴木いづみの傑作短篇、貴志祐介、神林長平、野尻抱介、秋山瑞人、桜坂洋、円城塔の書籍未収録短篇の小説計9篇のほか、手塚治虫、松本零士、吾妻ひでおのコミック3篇、伊藤典夫のエッセイ1篇を収録。

訳者略歴　武蔵野音楽大学卒，独文学翻訳家　訳書『シオム・ソム銀河の凪ゾーン』グリーゼ＆フランシス，『大気工場の反乱』エーヴェルス＆エルマー（以上早川書房刊），『狼の群れはなぜ真剣に遊ぶのか』ラディンガー他多数

HM=Hayakawa Mystery
SF=Science Fiction
JA=Japanese Author
NV=Novel
NF=Nonfiction
FT=Fantasy

宇宙英雄ローダン・シリーズ〈659〉

ドリフェルへの密航者《みつこうしゃ》

〈SF2357〉

二〇二二年二月二十日　印刷
二〇二二年二月二十五日　発行

（定価はカバーに表示してあります）

著者　エルンスト・ヴルチェク
　　　クルト・マール
訳者　シドラ房《ふさ》子《こ》
発行者　早川浩
発行所　株式会社　早川書房
郵便番号　一〇一‐〇〇四六
東京都千代田区神田多町二ノ二
電話　〇三‐三二五二‐三一一一
振替　〇〇一六〇‐三‐四七七九九
https://www.hayakawa-online.co.jp

乱丁・落丁本は小社制作部宛お送り下さい。
送料小社負担にてお取りかえいたします。

印刷・信毎書籍印刷株式会社　製本・株式会社川島製本所
Printed and bound in Japan
ISBN978-4-15-012357-4 C0197